天才幼女錬金術師に転生したら、冷酷侯爵様が溺愛パパにチェンジしました！３

雨宮れん

目次

プロローグ……6
第一章　天才幼女錬金術師、赤ちゃんに初めてのプレゼントを作る……9
第二章　大人達の悩みは尽きず……40
第三章　精霊王達の依頼……75
第四章　どうやら、大人にはなりきれていなかったらしい……108
第五章　この学校、なんだか嫌な雰囲気がするんですけど！……144

第六章　望んでなかったけど、深夜の大冒険……179
第七章　土の精霊王は、天才幼女錬金術師と契約したい……216
第八章　ずっとずっといつまでも、天才幼女錬金術師は幸せです……259
エピローグ……294
番外編　どうか、いつまでもこんな日が続きますように……300
あとがき……308

クールな侯爵家当主
ジェラルド・グローヴァー
ミリエラの父であり、優秀な錬金術師。呪われた家系といわれ世間を拒絶するようにして暮らしていた。ミリエラにも冷たい態度だったが、5年ぶりに対面したことで頑なだった心が溶かされて…？
精霊のいとし子
ミリエラ・グローヴァー
（愛称：ミリィ）
前世日本人の記憶がある侯爵令嬢。生まれてすぐに別館に追いやられ、乳母のニコラとその家族と暮らしていた。精霊の姿を見ることができる珍しい力を持ち、錬金術師としての才能が開花して…!?
天才幼女錬金術師に転生したら、冷酷侯爵様が溺愛パパにチェンジしました！
3
風の精霊王エリアスの眷属

CHARACTER

ミリエラの幼馴染

カーク・マウアー

ニコラとオーランドのひとり息子。年相応に元気いっぱいで、エリアスのもふもふがお気に入り。ミリエラを守ることを信条にしている。

聡明な王子殿下

ディートハルト・バウムグレン

（愛称：ディー）

厳しい王族教育を受けており、年のわりに落ちついた少年。とある事情でグローヴァー侯爵領にやってくる。勤勉で努力家。

勝気な公爵令嬢

スティラ・トレイシー

トレイシー公爵家令嬢。勝気で王立学院の幼年部における女王様。ミリエラのことが気に入らない。ディートハルトのことが好き。

ミリエラと契約する四大精霊たち

火の精霊
フィアン

風の精霊
エリアス

水の精霊
ディーネ

土の精霊
ドルー

プロローグ

グローヴァー侯爵《こうしゃく》邸の庭園では、木々が葉の色を変えたり、葉を落としたりし始めている。秋もだいぶ深くなってきていた。

「今日は涼しいねぇ……」

真っ白な長毛種の猫の姿をしている風の精霊王エリアスに寄りかかるようにして、ミリエラは本を読んでいた。

今、ミリエラがいるのは、自分の部屋。ぽかぽかの日差しに背後のモフモフ。こういうのが、幸せなのかもしれない。

「暖炉に火は入れないのか？」

「んー、ニコラの部屋はぽかぽかにしてるんだけど、ミリィの部屋はまだいいかなって」

エリアスに問われ、ミリエラは首を横に振った。来年の初夏で七歳になるミリエラは、精霊王を具現化させることのできる稀有《けう》な存在である。

「妊婦の身体《からだ》を冷やすのはよくないからのぅ。妾《わらわ》の眷属《けんぞく》にも、そこのところはよく言いつけてある」

「ありがと、フィアン」

ミリエラから少し離れたところにいるフィアンは、火の精霊王。エリアスが巨大な猫であるのに対し、フィアンは立派な冠羽と長い尾羽が美しい真っ赤な鳥の姿をしている。

どうやら、ニコラの部屋が快適な温度になるよう、手を貸してくれているらしい。

親友であるディートハルトとカークのふたりは、騎士達と一緒に剣術の訓練中。そちらに参加しないミリエラは、こうして精霊王達と過ごしているわけである。

(……三人目の精霊王にはいつ会えるんだろうな)

一年前まで、ミリエラのマナは、エリアスひとりを具現化させるので精一杯だった。ミリエラのマナが成長し、フィアンと契約することができたのだから、いつか他の精霊にも会えるはず。

(……賑やかなほうがいいもんねぇ……)

こうしていると普通の女の子にしか見えないミリエラだが、実は前世の記憶がある。前世では、親に愛されないまま二十五歳で死亡した。

今は愛する父と乳母《うば》家族だけではなく、精霊達に囲まれ、たくさんの愛を与えたり与えられたりしている賑やかな生活だ。新たな精霊王が加われば、きっともっと賑やかになる。

「ミリィ、新しい素材が届いたんだが見るかい?」

「見る!」

扉の向こうから父の声がして、ミリエラは飛び上がった。

錬金術師である父のところには、たくさんの珍しい素材が集められるのだ。ミリエラもいずれ、その素材を自由に操れる立派な錬金術師になれればいいなと思っている。

「エリアス、フィアン、一緒に来る？」

「妾がそなたに合う素材を見てやろう」

「我は、ここで昼寝……」

いそいそとフィアンは立ち上がり、エリアスは日当たりのいい場所で身体を丸くする。侯爵邸は、今日も平和である。

第一章　天才幼女錬金術師、赤ちゃんに初めてのプレゼントを作る

グローヴァー侯爵邸には、子供達の元気な声が響いている。数年前までは、考えられなかった光景だ。

だが、今日は屋敷の中はいつもより静か。そして、緊張した空気が漂っていた。

お気に入りのドレスを着ておめかしをしたミリエラは、朝からそわそわとしっぱなし。父であるグローヴァー侯爵にまとわりついては、同じ質問を繰り返している。

「パパ、先生いつ来るの？」

「まだ、もう少しかかるよ。落ち着きなさい──と言っても、無理か」

ミリエラを片手でひょいと抱き上げた父、グローヴァー侯爵は、長い銀髪を一本に束ねた二十代後半の美青年であった。親子というより兄妹に見られることも多いほど若々しい。

母譲りのストロベリーブロンドをリボンで飾ったミリエラを見た父の目が、柔らかく細められた。

今はこんなに距離の近い親子だが、妻に先立たれた父は、男手ひとつでミリエラを育ててこなかった。

少し前まで、自分が呪われていると思いこんでいたため、ミリエラを乳母夫婦に託して屋敷

の別館で育てさせていたからである。

その誤解が解けたのは、ミリエラが五歳の誕生日を迎えた直後のこと。以来、離れていた時間を埋め合わせようとしているかのようにふたりの距離は近くなった。

「侯爵様、本当に俺も一緒に勉強していいの？」

と、父にたずねたのは、ミリエラの乳兄弟であるカーク。

カークの父オーランドは、侯爵家の護衛騎士。父が幼かった頃から仕えてきた父の親友でもある。

カークはミリエラより一歳上なのだが、体格のいい父親に似たのか、年齢より大きく見える。活発な性格で、その分落ち着いて勉強をするというのは少しばかり苦手だったりもする。

「カークは勉強あまり好きじゃないくせに」

「なんだよぅ。ミリィについていかないといけないんだから、少しくらいは頑張るさ」

父の腕の中にいる安心感からミリエラがくすくすと笑えば、カークはむぅと膨れる。

不幸だった頃のミリエラに自分の両親が愛情を注いでいても、一度も焼きもちを焼くことのなかった心優しい少年は、ミリエラの護衛騎士になるのが夢らしい。

「ミリィもねえ、カークが一緒に勉強してくれたほうが安心だから嬉しい」

ミリエラの言葉に、カークもまた安堵《あんど》したような顔になる。なんだかんだ言って、生まれてからずっと一緒に育ってきた仲良しなのだ。

「侯爵様、カークがご迷惑をおかけしているのではありませんか？」

よいしょ、と大きなお腹を抱えてよたよたとやってきたのは、乳母のニコラ。ミリエラの母に仕えていた侍女で、母が侯爵家に嫁ぐ時に一緒にここにやってきた。

オーランドの妻であり、カークの母である彼女は、第二子を妊娠中。彼女のお腹は丸々としている。

「そんなことはない。カークは、いつもの通りいい子にしているよ」

「それならいいのですが」

黒を基調とした地味な衣服を身に着けたニコラは、いつもニコニコとしている。

悪いことをすれば、容赦《ようしゃ》なく叱られるが、愛情ゆえのこととわかっているのでミリエラも恨みに思ったことはない。

今のニコラはミリエラの乳母というだけではなく、家の中のことを一手に取り仕切るメイド長のような立場についている。

ミリエラの教育方針について父と語り合うこともあり、グローヴァー侯爵家にとってはなくてはならない重要人物だ。

「ニコラ、階段を下りる時には声をかけてくれと言っただろう」

「だって、あなたいなかったじゃないの」

慌てた様子のオーランドが加わった。

侯爵家に仕える護衛騎士であるオーランドは、侯爵家一の剣の使い手でもあり、領内に彼と対等に渡り合える騎士はいない。その分、王都に行った時には王宮騎士団の騎士達と訓練をして、腕を落とさないように努力を重ねている。

ミリエラを含めた五人が、今のグローヴァー家の主な構成員。

他にも何人もの使用人がいるが、皆、侯爵家に絶対の忠誠を誓っている。

長い間父を見守ってきたということもあり、オーランド一家が親戚に準じる扱いを受けていても、不満に思う者はいない。

皆が玄関ホールに集まっているのには理由がある。

ミリエラの教育や身の回りの世話はニコラが引き受けてくれていたのだが、そろそろ乳母としての仕事だけでは済まなくなってきた。

第二子の誕生間近ということ、ニコラの手が回らない時に頼んでいた短期の家庭教師では限界が出てきたことから、家庭教師を正式に雇うことになったのである。

（ニコラがいてくれれば十分なんだけど）

と父の腕の中にいるミリエラが考えているのは、きっと誰も知らない。今さら住み込みの家庭教師なんて。

（とはいえ、ニコラやパパからじゃ教われないこともたくさんあるものね……）

きめ細やかな愛情を注いでくれるとはいえ、父は男性。ニコラは、下級貴族の出である。

侯爵家の娘に必要なマナーや教養といった点では、足りない部分が多いらしく、そこを埋める人材はどうしても必要なのだとか。

（正式に決まるまで、ものすごい時間がかかったし……）

家庭教師の募集を始めたところ、多数の応募があった。だが、そこから人材を絞るのにものすごく苦労したらしい。

まず、父がとんでもない美青年であり、名門侯爵家の当主であり、国内でも有数の大富豪というのが一番の問題となった。

家庭教師としての職を求めるのではなく、父の妻の座に滑り込もうという女性が次から次へと応募してきたのである。

それらの女性はあっという間に放逐《ほうちく》されたのだが、次は、侯爵家との取引を求める人物が、配下の者を送り込もうとしてきた。

幼い頃からミリエラを洗脳し、有利な取引を父に働きかけるように謀《はか》りたかったのだろう。父がミリエラに甘いのは、国内では広く知れ渡っている。

そういった人物も、ミリエラの家庭教師としては不要。ここでも多数が落とされた。

それらの問題を乗り越えたところでもうひとつ必要になるのが、ある程度の度胸である。

ミリエラは、精霊を見ることのできる精霊眼《せいれいがん》の持ち主。稀有な存在であるミリエラの周囲では、精霊達が不思議な現象を起こすことがしばしばある。

たとえば、誰も触れていないのにお茶を注いでくれるティーポット。これは、風の精霊達が力を合わせてティーポットを持ち上げ、お茶を注ぐからである。

暖炉の火が勝手に燃えるのは、火の精霊達が働きかけるから。ちょっとした超常現象が発生する度に悲鳴をあげているようでは、ミリエラの家庭教師は務まらない。

そういった厳しい選考基準をクリアして選ばれた人材が、今日、侯爵邸に到着するのである。皆がそわそわとし、早めにホールに集まってしまったのもしかたのないところなのかもしれない。

「えへへ、楽しみだなぁ……」

ミリエラは、にこにことしたまま父の腕から滑り降りた。新しい家庭教師の先生には、なるべくいい印象を持ってもらいたい。

面接は父とニコラが行ったので、ミリエラは今日が初対面。

(第一印象が大切だっていうもんね！)

なんて、六歳の子供にしてはいろいろと考えているのは、ミリエラに前世の記憶が残っているからだろう。

ミリエラ本人はわりと割り切っていて、前世は前世、今回の人生は今回の人生と考えているのだが、どうしたって実際の年齢よりも大人びた言動をとってしまうことも多い。

今のところ、それがいい方向に働くことが多いし、精神が肉体に引っ張られていて年相応の振る舞いをすることも増えている。

きっと、そのうちどうにかなるのだろうとあまり深く考えないままここまできた。

「――来た！」

門のほうから、馬車がやってくる物音がして、カークと先を争うようにミリエラは飛び出した。

「俺が先！」

「ミリィが先だもん！」

争いながら、玄関ポーチの階段を駆け下り、一番下に到着する。

「カーク、髪が跳ねてる」

「ミリィは襟が曲がってる」

互いの身だしなみを整えたところで、ピッと姿勢を正す。そうしている間に、目の前までやってきた馬車はゆっくりと止まった。

（どんな先生かな……）

扉が開いて、緊張感が増す。

「……まあ」

馬車を下りてきたのは、まだ若い女性だった。

ミリエラとカークを見て、驚いたように目を丸くするが、すぐに優しい笑みを浮かべる。自分の生徒なのだと瞬時に理解した様子だ。

（ちょっと待って、ずいぶん若くて綺麗な人じゃない……？）

女性の家庭教師だと聞いていたから、きっと父よりも年上で、祖母に近い年齢の人が来るのだろうと思い込んでいた。

降りてきた女性は、どう見ても二十代前半。この国の貴族としては結婚適齢期をいくぶん過ぎたところであるが、父と年齢的に釣り合っている。

（まさか、家庭教師じゃなくて、新しいお母さん……！）

と、一瞬にしてそこまでミリエラの思考は飛躍した。

父が新しい女性を迎えたいというのであれば、それはそれで構わないのだとミリエラの中の大人の部分が考える。

亡くなった母のことを忘れさせるのではなく、亡くなった母を大切に思っている父をそのまま受け入れてくれる人であれば。

思い出は風化していくものだし、新しい愛によって、過去の愛が優しい思い出に変わることまでを否定するつもりもない。実際、父にそう告げたこともある。

「ユカ・ティルバードと申します。あなたがミリエラお嬢様？　そして、あなたがカークですか？」

「ミリエラ・グローヴァー、六歳です」

「カーク、七歳」

ミリエラはスカートを摘まんで、以前の家庭教師から教わった貴族の令嬢としての礼をとる。

ミリエラを見たユカ先生の目は、優しく細められた。その目は、カークのほうを向いた時も変わらない。

（第一関門はクリア、かな？）

ミリエラに、いい印象を持ってくれたようだ。ミリエラも、彼女のことは好きになれそうだ。

今のところはおおむね問題ない。新しい母候補だったとしても、だ。

「侯爵様、この度はありがとうございます。婚約者も、喜んでおりました」

「婚約者？」

新しい母候補でも構わないと思っていたミリエラは、目を丸くする。そんなミリエラの肩に手を置くと、父は優しく微笑んだ。

「結婚するまでの間は、住み込んでもらうことになっているけれどね。結婚したら通いになるよ。そうなると、ミリエラは寂しくなるかな――もし希望があるなら、使用人用の家に住んでもらってもいい。そのあたりは、また改めて相談しよう」

「ありがとうございます、侯爵様」

父を見る目がギラギラしていないのも、愛し合っている婚約者がいるとなれば納得だ。そのうち、婚約者にも会わせてもらおう。

ニコラも玄関前の階段を下りてこようとしたのだが、オーランドに止められている。とりあえず中でお茶でも、と一行は居間に場所を移した。

ニコラの手によって居心地よく設《しつら》えられているこの部屋は、ミリエラお気に入りの場所だ。父はひとり用のソファ、ミリエラは角を挟んでその隣のソファ。ミリエラの隣にカーク、オーランドと続いて座り、ミリエラの正面にユカ先生、その隣がニコラ、と席につく。

ユカ先生が真正面にいてくれるのは、表情が見やすくていい。

「先生は、結婚するんですか？　なのに、家庭教師に来てしまって大丈夫なんですか？」

「婚約者が魔道具師なんですよ、お嬢様。近くに引っ越してきましたの」

なんでも、ユカ先生は没落した伯爵家の令嬢だったそうだ。両親もすでになく、今の身分は平民。

幸いなことに、親戚の家で世話になることができ、お金に苦労することはなかった。ミリエラの家庭教師としての仕事が決まるまでは、学校の先生として働いていたそうだ。

魔道具師の婚約者が、グローヴァー領に移住することとなったのがきっかけで、ミリエラの家庭教師に応募したのだという。

「先生は、魔道具に興味がありますか？」

「もちろんありますよ。夫の仕事に関わりますから……そうそう、保冷布はとても便利ですね。夏の間は、お弁当を包むのに重宝しました」

「それ、ミリィが皆と一緒に作ったの」

少しばかり、ミリエラが得意な表情になってしまってもしかたがないだろう。保冷布は、ミリエラ最初の発明品である。

それまでの間は、役に立たないと思われていたスライムの魔石の活用方法を見出したのもミリエラだった。

今では、スライムの魔石にマナを注ぎ、保冷布の材料を作るのは、グローヴァー領の子供達にとって、大切なお小遣い稼ぎの手段となっている。

「存じております。お嬢様の家庭教師になることができて、とても幸運だったと思っています。私と一緒に勉強してくれますか？」

「はい、先生。よろしくお願いしますね」

「俺もよろしくお願いします！」

ミリエラに続き、カークも背筋を伸ばす。

この人なら、信頼しても問題なさそうだ。そう結論付けると、ミリエラはにっこりと微笑《ほほえ》んだのだった。

授業も問題なく進み、人当たりもいいユカ先生は、あっという間に侯爵家に馴染《なじ》んだ。

婚約者のことが心から大切な様子で、父の整った顔を見てもまったく態度が変わらないというのは、若い女性にしては珍しい。

（それより、カークの弟か妹へのプレゼントをどうしようかなぁ……）

ニコラの出産までひと月を切った。この国では、生まれた子供に贈り物をする習慣があるのだ。ディートハルトとカークと連名で送ろうと思っている。

侯爵邸の一角にある父の仕事部屋。そこには、ミリエラの専用スペースも調えられている。敷物が用意されていて、床の上で直接ゴロゴロすることのできる場所だ。

「うーん、赤ちゃんへのプレゼントでしょ？　ライナスの時には、他の人達が山のように贈り物をしていたから……僕は、おくるみをあげたけど、使ってくれたかなぁ」

と、一緒にゴロゴロしながら口を開いたのは、カークと共にミリエラの親友であるディートハルト。

ディートハルトは、この国の第一王子であり、本当ならこんな場所にいる人ではない。けれど、彼の母親は、亡くなった前王妃。今の王妃の息子である異母弟ライナスとの権力争いを避けるために、ディートハルトはグローヴァー領で生活することを選んだ。

当初はマナがないと思われ、それが王宮を追われる原因となったのだが、それを解決したのもミリエラと父である。今では、錬金術師になるのが夢なのだとか。

柔らかな金髪に、温かな光を浮かべている緑色の瞳。穏やかな物腰に整った容姿。どこからどう見ても立派な王子様。

女の子が夢見る王子様そのものであるのだが、今のところディートハルトに浮いた話はない。九歳になったばかりなので、浮いた話が多数あっても困るけれど。

「カーク、君はなにかない？」

「食べ物は駄目だって母上が言ってた」

カークはすでに飽きてしまったらしく、敷物の上でだらりと身体を伸ばしていた。

「赤ちゃんには、歯がないからねぇ……人形とか？　ディーの言っていたおくるみも素敵だと思う」

カークの妹なら、ミリエラにとっても妹同然。弟なら弟同然だ。立派なお姉ちゃんにならなくては。

ミリエラに前世の記憶が残っているとはいえ、子供には縁がなかった。

赤ちゃんには、尖ったものはよくなさそうだとか、硬いのもよくないだろうとか。それこそ生まれたばかりの赤ちゃんは母乳やミルクしか飲まないから、お菓子をあげても意味がないな、ということぐらいしかわからない。

「あら、ミリエラ様もカークもここにいたんですか。まあ、殿下――ご挨拶申し上げます」

扉を開けて軽やかに入ってきたユカ先生は、敷物の上でゴロゴロしている三人を見て目を細めた。第一王子であるディートハルトがここにいてもまったく動じないとは、かなり度胸がある。

と言っても、ディートハルトを軽んじているわけではなく、きちんと王族へのマナーを守っているあたり、父とニコラの人を見る目は正しかった。

「そうだ、ユカ先生。あのね、皆で赤ちゃんへのプレゼントを考えているの。先生は、なにがいいと思う？　ディーは、おくるみをあげたんですって。ミリィもおくるみがいいかなって思うの」

「そうですねぇ……あ、ミリエラ様、『ミリィ』ではなく、『私』ですよ」

「……はい、先生」

柔らかな物腰とは裏腹に、ユカ先生は厳しかった。

たしかに、大人になっても自分のことを愛称で呼ぶわけにもいかないので、そろそろ切り替えていく頃合いかもしれない。

以前から、目上の人に対する時はちゃんと『私』と言えていたので、父もニコラもあえて口を挟んでこなかったのだが。

「うーん、赤ちゃん、赤ちゃん……おくるみもいいですけれど、たぶん、ニコラさんは、たくさん用意していると思うんですよね」

「そっかー」

三人は、その話を聞いて、考え込んでしまった。

「侯爵様にお願いして、錬金術を使ってなにか作ってはどうですか？　たとえば、温かさを保つおくるみなら、ミリエラ様にしか作れないでしょう？」

火山地帯に暮らすボルケーノスライムの魔石を使った布は、温かくなる効果を有している。たしかにそれでおくるみを作ったら、赤ちゃんもぽかぽかと眠ることができるに違いない。

「スライムの魔石を取ってくるのなら、僕が協力できる」

「俺も！　魔石にマナを入れるのもできるな！」

ディートハルトは王族だから、剣の稽古はかなり厳しく受けているらしい。カークと一緒に、野営に出かけたこともあった。

三人で協力して作ったおくるみなら、ニコラも喜んでくれると思う――でも、以前にも同じようなものは作ったから、なんだか物足りないと思ってしまう。

「先生、おくるみも候補にするけど、他にもなにかいい考えないですか？」

「うーん……私も、姉の子供しか見たことありませんから……あ、生まれてすぐは使わないですけれど、おもちゃもいいかもしれませんね。音が出るおもちゃが好きみたいですよ。あとは――色は赤とか黄色とか、目立つ色合いのもの」

赤ちゃんは視覚が未発達だから、鮮やかな色合いのものに引き付けられる傾向があるらしい、とユカ先生は教えてくれる。

「先生、ありがとう！」

「いえ、お役に立てたならいいのですが」

ミリエラは大きくうなずいた。先生のお陰で、いろいろと考える余裕ができた気がする。

＊　＊　＊

ユカ・ティルバードは、まあまあ不幸であるし、まあまあ幸運であると自分のことを思っていた。

両親と早く死に別れてしまったし、その結果家が没落してしまったのはまあまあ不幸である。

だが、親切な親戚が引き取ってくれて必要最低限の生活には困らなかったし、仕事の世話もしてくれた。職場に出入りしていた婚約者と知り合うこともできたのだから、まあまあ幸運だ。

ユカが、ジェラルド・グローヴァーと知り合ったのは、当時働いていた学校の校長の紹介だった。

『結婚が決まっているあなたなら、侯爵様に妙な感情は抱かないでしょうから』

というのが、ユカを紹介してくれた大きな理由であった。

グローヴァー侯爵といえば、国内でも指折りの錬金術師。彼の領地には多数の錬金術師や魔道具師が集まっていて、魔道具師である婚約者は、グローヴァー領への移住を決めたところ。

いずれにしてもグローヴァー領に行くのであれば、侯爵家の家庭教師という選択肢は悪くない。屋敷の近くから通うことを許してもらえれば、結婚後も問題はないだろう。

（問題は通いで雇っていただけるかどうかだけど……）

貴族に雇われる家庭教師の場合、子供の世話も家庭教師の仕事に含まれる。三度の食事の世話に入浴の世話、寝かしつけまでが担当。となると、通いでの勤務はなかなか難しい。

そのあたりは雇い主との交渉次第。ドキドキしながら赴いた面接先で、グローヴァー侯爵を目の当たりにしたユカは、校長の言葉の意味を知ることとなった。

（……なんて、綺麗な方なのかしら）

男性にとって、綺麗というのは誉め言葉にならないような気もするのだが、侯爵を見てまず浮かんだのは、その言葉であった。

艶《つや》やかな銀髪、神秘的な色合いの青い瞳。すらりとした長身だが、痩せているというわけではなくそれなりに鍛えていそうでもある。

たしかに、彼と顔を合わせる機会のあった貴族の友人が、きゃーきゃーと騒いでいたわけである。

（もし、私がまだ貴族だったら――）

と、一瞬考えたけれど、すぐに首を横に振った。

遠巻きに友人達ときゃーきゃー言っただけだろう。自分が貴族だったところで、彼の隣に立つところなんて想像もできない。

なにしろ、まあまあ不幸でまあまあ幸運な人間であり、凡庸だと自分のことを認識している。

自分とは、そういった意味では釣り合わない人であると見た瞬間理解した。うかつに近づこうとしたら、まあまあ不幸からものすごく不幸に転落するのが目に見えている。

それが功を奏したのか、競争相手はたくさんいたにもかかわらず、採用されたのはユカであった。

(……不思議なお嬢様よね)

それが、顔を合わせた時のミリエラに対する第一印象であった。

大きな青い瞳をキラキラとさせ、「ユカ先生」と呼びかけてくる様は年相応。けれど、それだけではないのにすぐ気がついた。

年齢のわりに聡《さと》いところも見せる。まるで、大人と話をしているように感じられることもある。

それは、父親と離れていた時間が長かったからというだけでは説明がつかない。

とはいえ、カークと一緒にいる時はけらけらと笑い転げたり、プンプンと怒ったり。ディートハルトも含めて、子供同士でいる時には年相応に見える。

先ほども、錬金術の入門書を借りようと侯爵の許可を得て仕事部屋に入ったら、三人で、額を突き合わせて相談していた。

自分の持っている知識は与えたから、きっと彼らなりの答えを出すのだろう。

(育児書も用意したほうがいいかもしれないわね。ミリエラ様達が、どんな結論を出したのか

確認して、危ないようだったらそこはきちんと修正をしないと）

姉のところにいる子供の面倒は見たことがあるが、母親と同じだけの知識があるかと問われたら絶対に違う。

このあたりのことは、侯爵家の使用人に相談してみよう。ニコラ以外にも、子供を持つ使用人はいる。結婚後、ユカ自身の役にも立つだろうし。

と、考えながら歩いていたら、向こう側から侯爵が歩いてくるのが見えた。

あいかわらずとんでもない美貌であるが、三日もするうちに慣れた。

雇い主の顔を見て、いちいちドキドキしているようでは仕事にならない。

「先生、ちょうどいいところに――話がしたいのだが」

「仕事部屋には、子供達がいます」

「では、居間でいいかな」

「はい」

侯爵家の居間は、居心地よく設えられている。初めてこの屋敷を訪れた時、最初に通されたのもこの部屋だった。

あの時と同じ席につき、メイドが運んできたお茶を一口飲んでから、侯爵は話を切り出した。

「ミリエラの様子について聞きたいのだが」

「そうですね、お勉強については問題ありません。難しい本をお読みになっていたようで、知識も豊富にお持ちです。特に、錬金術については大人顔負けの知識を持っているかもしれませんん……このあたりは、侯爵様のほうがよくご存じでしょうけれど」

「そうだね。性格や生活習慣で気になるところはないか？」

「生活習慣については、今から私が変えるところはないと存じます。自分のことを『ミリィ』と愛称で呼ぶ幼さは気になりますが、社交界に出るまでに直ればよろしいかと」

ニコラは、ミリエラをきちんと躾けてきたようだ。ミリエラは決まった時間に起床し、決まった時間に朝食をとる。

日中のスケジュールはその日によって変更になることもあるけれど、勉強の時間と遊びの時間はしっかり決まっている。

夜になればミリエラのほうから就寝の準備をすると言い出すことも多く、一応手は貸すのだが、ユカの手はほとんど必要としない。結婚後は通いでもいいと言われた理由に納得した。

言動の幼さは、この年頃ならよく見られるものだし、大きな問題はない。

その中でひとつ、気になることがあるとすれば。

「あとは——お友達が少ないのが気になると言えば気になります」

「友達？」

そう、友達である。

ユカが一番気になっているのは、その点であった。

カークは乳兄弟兼友人。ディートハルトも友達であるが、ふたりとも男の子。

つまり、異性である。今の関係でいられない時が絶対にやってくる。

近所の子供達とも友達だが、明確な身分の差は否定できない。いくらミリエラが彼らを友達と呼ぼうとも、彼らがミリエラを友達と認識しようとも、貴族と庶民の間には越えられない一本の線があるのは間違いないのだ。

「貴族令嬢のお友達がいらっしゃらないようですので……」

「そうか、それは――」

うーんと侯爵も唸《うな》ってしまった。

現侯爵は長い間、領地に引きこもっていたので、ほとんど社交生活というものは送っていなかったらしい。今は亡き侯爵夫人が嫁いでからのほんの一時だけ、王都にもしばしば顔を出していたようだが、基本的には必要最低限。

侯爵夫人が亡くなってから五年の間は、屋敷から一歩も出なかったという噂もあるほどだ。

「領地で暮していては、難しいな」

「それも存じております。もしかしたら、王立学院への入学もお考えに入れたほうがよろしいかもしれません。八歳から入る子が多いようですが、ミリエラ様は七歳からでも問題はないと思います」

グローヴァー領のように、王都から距離のある領地で暮らしている者の場合、王都での社交生活に参加するのも難しい。そんな貴族の子女を集めて学ばせているのが王立学院である。貴族達は互いの連携が大切だから、一時、王都にある王家が直接管理している学校で共同生活をすることを選ぶ者も多いのだ。一応寮もあるが、王都に屋敷のある者は通ってもいい。

「王立学院か。我が家は、代々錬金術師だから、学院に行かない選択をする者も多いのだが」

顎《あご》に手を当てて考え込んでいる侯爵は、学院に通わなかったようだ。

たしかに、入学は義務ではないから、通わない選択をする者もいるとは聞いている。通わなかった場合、他家との友好を深める機会を失ってしまうので、たいていは通うことを選ぶのだけれど。

「それについては、おいおい考えてもよろしいと存じます。今、大急ぎで考えなければならないようなことでもありませんから」

「そうか――その、もうひとつ、合わせて聞きたいのだが」

ためらいがちに侯爵が口にしたのは、ミリエラが生まれてくる赤ちゃんに焼きもちを焼くのではないかという懸念であった。

「ニコラの愛情をカークの分まで与えられて育ってきたようなものだからね。私はなにか言える立場でもないのだが……」

ずぅんと、侯爵の周囲だけ、黒い靄《もや》に包まれているようにユカの目には見えた。引きこもって暮らしていた頃のことは、侯爵にとってはかなりの黒歴史らしい。

「ニコラさんも、そこを心配しているのですか？」

「ミリエラが生まれた直後、カークが大暴れしたらしくて」

「その頃のカークは、まだ一歳ですよ。母親を取られたら、焼きもちを焼くのは当然ではないでしょうか」

赤ちゃん返りという言葉は、しばしば聞かれるものだ。当時のカークは、物事の道理をわきまえられる年齢ではなかった。それと今のミリエラを重ねるのは違う。

「しかし、ニコラに頼りきりだったものだから」

「侯爵様、ミリエラ様は、赤ちゃんが生まれるのをとても楽しみにしています。もちろん、生まれてからニコラさんをとられたような気持ちになる可能性は否定できませんけれど……侯爵様の愛情があるのですから、大丈夫だと思いますよ」

「……そういうものか？」

「はい。錬金術で、赤ちゃんへの贈り物を作るようですから、今のところは心配しなくてもよろしいかと。侯爵様の愛情を感じていれば問題はないはずです」

この家の人達は優しい。ユカは、改めてここで働けることになったのを幸せだと思ったのだった。

＊　＊　＊

赤ちゃんに贈る品を選ぶのはとても難しいということを、ミリエラもカークもディートハルトも理解した。

「ボタンも駄目なんだって」

「齧《かじ》っちゃうもんな、きっと」

父に頼み、わかりやすい育児書を取り寄せてもらった。

ユカ先生が言っていた通り、赤ちゃんは、様々な感覚が未発達でこの世に生まれてくるらしい。

肌が弱いので、肌触りはとても大事。目もぼんやりとしか見えないから、明るい色のものを好むのだとか。

保温布で作ったおくるみもいいけれど、なにかもっと特別なものがいいと、まだ三人で頭を悩ませている。

(前世では、どんなおもちゃがあったかなぁ……)

ミリエラが他のふたりより有利なのは、前世の記憶が残っていること。前世の赤ちゃんグッズは、この世界よりはるかに進化していた。

(なんか、ぐるぐる回るおもちゃがあった気がする……)

直接赤ちゃんに接する機会というのはなかったと思うから、ドラマかなにかで見たのだろう。赤ちゃんの上に吊るされていた謎のおもちゃ。たしか、メリーといったはず。

スイッチを入れると、優しい音楽と共にくるくると回っていた。たぶん、赤ちゃんはそれだけでも楽しいのだろう。

それから、手や足で掴《つか》んだり蹴《け》ったりするおもちゃもあったような。こちらの世界にも同じようなものがあると思う。

「ねえねえ、こういうのはどうかな？」

ミリエラはスケッチブックを取り出した。ミリエラの絵はとても下手なのであるが、たぶん、ディートハルトもカークもわかってくれる。

「あのね、こうやって、輪っかがあるでしょ。そして、そこにいろいろなおもちゃを吊るすの」

円の周囲に沿って、おもちゃを吊るす。スイッチを入れると、優しい音楽と共に、くるくると回る。音楽は単純なもの一曲だけ。繰り返し演奏するようにすれば、そんなに大きくはならないはず。

「面白いのか？　それ」

ミリエラの説明では、ふたりともよくわからなかったらしい。それが、楽しいのかどうか首を傾げている。

「こういうおもちゃ、ないかなぁ……」

くるくる回る動力源は、たぶん、なにかの魔石を使うことになると思う。

おもちゃは、柔らかな布で作ればいい。薄く作ったら、洗濯して清潔に保つこともできるだろうし――もしかしたら、錬金術で軽い素材を作ったほうが衛生的にはいいかもしれないと一生懸命説明する。

「よし、じゃあ作れるかどうか調べてみよう！」

錬金術は使えないくせに、真っ先に拳を突き上げたのはカークだった。錬金釜《れんきんがま》を使う前に、どんな素材を使って、どんなものを作りたいのか明確にしておかなければ。

父を納得させられなければ、錬金釜を使わせてもらえないのである。

「こら、子供達。なぜ、妾にたずねないのだ？」

「我でもいいけどな！」

いつの間にか敷物の上に精霊王が姿を見せていた。というか、ミリエラが呼んでいないのに、勝手に出てきてしまうのはありなのか。

真っ白な長毛種の猫の姿をしている風の精霊王エリアス。彼の毛並みは美しく、ディートハルトの弟であるライナスなど、会う度にエリアスの胸に飛び込むほどだ。

真っ赤な翼が美しい鳥の姿をしているのは、火の精霊王フィアン。

精霊王がこの世界に具現するためには、ミリエラのマナが必要である。なのに、勝手に出てきてしまっていいのか――まあいいけど。

「エリアス、フィアン、こんにちは。ふたりとも、こういうおもちゃどう思う？」

「いいと思うぞ」

エリアスは胸を張った。

エリアスは風の精霊王。風が吹き抜けるところなら、どこにだって行くことができる。彼の眷属である風の精霊達は、世界中の情報を知っている。

「妾はよくわからないな。人の子のおもちゃは見たことあるが――こうやって、手で持ってガラガラと音をさせていた」

たぶん、それは、ガラガラというおもちゃだ。音がするおもちゃも好きだということは、先日ユカ先生からも聞いていた。

「じゃあ、こういうの作ったら、赤ちゃん喜んでくれるかしら？」

「もちろん、喜んでくれると思うぞ」

「妾の知識も提供しよう」

自由気ままなエリアスと、物知りなフィアン。精霊王達の協力が得られるのなら、素敵なおもちゃを作ることができそうだ。

「ふむ。つまり、回さないといけないのだな――風のマナを込めた魔石でいけそうだな。エリアス、これはそなたの範疇《はんちゅう》だな」

「任せろ。そうだな――シングバードの魔石とかがいいと思うぞ。錬金術師の事典を見てみろ」

「うん！」

ミリエラとディートハルトは、錬金術師としての修業中。けれど、カークはそうではないので、カークがひとり、取り残されてしまうことになる。

以前はそれで喧嘩《けんか》になることもあったけれど、今は違う。ミリエラはカークに声をかけた。

「カーク、カークにもやってもらわないといけないことがあるの」

「おう！」

「おもちゃをね、布で作るか、木で作るか、それとも錬金術の素材で作るのがいいのか調べてほしいの。使用人の中に、子供とか孫とかいる人がいるから聞いてきてくれない？」

「任せろ！」

カークはオーランドとニコラの子供ということもあって、使用人全員に子供や孫のように可愛《かわい》がられている。

ミリエラはあくまでも主の子だが、カークは彼らにとってはもう少し気安い存在なのだ。

もちろん、ミリエラが聞きに行っても、ディートハルトが聞きに行っても、彼らは全力で頭を捻《ひね》ってくれるだろう。けれど、カークに話を聞いてもらうほうが、いい結果に繋《つな》がりそうな予感がする。

「この部分は魔道具になるから……ユカ先生の婚約者さんにお願いする？　ユカ先生から、こっそりお話ししてもらえるし」

「そうしよう。ニコラは勘がいいから……」

ニコラには、赤ちゃんへの贈り物を用意するつもりだとちゃんと話をしてある。けれど、なにを贈るのかまでは当日プレゼントを開くまで内緒にしておきたいのだ。

「動力と、録音部分は、パパに手を貸してもらおう」

「そうだね。僕達はまだ錬金釜を子供だけで使うのは許されていないし」

錬金釜にはマナを注ぐため、とても熱くなる。かき回してマナを流し込むのはミリエラもできるけれど、父の監督のもとでないと駄目だということはきっちり頭に叩き込まれている。

万が一、マナが暴走した時、側にディートハルトとカークしかいないのでは、対処できないだろうから、父の判断は正しい。

カークが戻ってくる頃には、ある程度魔道具部分のアイディアは固まっていた。

「ええと、布の人形はいるよね、ふわふわのやつ」

「音が出るおもちゃもあるといいな。こういう音が出るのも好きだって」

カークが指さしたのは、積み木であった。この積み木、打ち合わせるといい音がするのである。本来の遊び方とは違うのだが、カークはそのあたりはまったく気にしていないらしい。

天井から吊るす支柱と、おもちゃをぶら下げる本体の間に、回るような仕組みを付けなければ。音楽については、支柱に音を記録する装置を付ければなんとかなりそうだ。

あとは、スイッチひとつでそれを連動できるようにする。ここはちょっと難しいから、ユカ先生の婚約者の手を借りよう。

「音を出す部分は、フォレストフロッグの魔石を使ったらどうかな？　いけると思うけど……

近くで狩れたかなぁ」

「俺、魔物事典持ってくる！」

カークはぱっと立ち上がり、書棚へと走った。持ってきた魔物事典には、フォレストフロッグについてもしっかり書かれている。

「うわー、大きいんだね……」

フロッグというから小さなカエルを想像していたら、思っていたより大きかった。たぶん、ミリエラと同じぐらいの大きさはある。

口の中に鋭い牙が生えていて、肉食らしい。獲物は長い舌で捕らえて絞め殺し、頭からバリバリと食べるのだそうだ。思っていた以上に好戦的な魔物であった。

「そんなに強い魔物なら、この魔石を入手するのは難しいかなぁ……」

ディートハルトも、こんな危険な魔物だったなんて、想像していなかったらしい。

「ああでもこいつ、討伐対象だぜ？　魔石はわりと手に入りやすいと思う」

「討伐対象？」

「こいつ、めっちゃ増えるんだよ。だから、見かける度に間引いておかないと大変なことになるんだ。あと、普通のカエルみたいにオタマジャクシから育つんだけど、オタマジャクシの時はそこまで危険じゃない。オタマジャクシの魔石ならカエルの魔石より簡単なんじゃないかな……魔石の性質が同じなら、だけど」

さすがカーク。父親が騎士として魔物の討伐に当たることも多いため、ディートハルトやミリエラよりもこのあたりの知識は豊富だ。

「子供でも大人でも、魔石の性質は変わらないはずだから……ありがと、カーク。パパに聞いてみる」

父の伝手《つて》を使えば、カエルの魔石もオタマジャクシの魔石も手に入れることができるだろう。

「あと、きぃきぃ言うのは避けたいから……」

「それなら、トレントの樹液がいいんじゃないかな？」

と辞典を見ながらディートハルト。回転する部分は、スムーズに動くようにしておきたい。

このあたりのことをきっちりとやっておけば、父はミリエラが錬金釜を使うのを断らないし、立ち合いをしてくれる。

「枠は軽いほうがいいよね、きっと」

「木じゃ駄目かなー」

「いっそ、トレントの木材使ったらどうだろ？」

こうやって、膝《ひざ》を突き合わせて考えている時間は楽しい。

生まれてくるのがカークの弟になるのか妹になるのかはまだわからないけれど。その子がもう少し大きくなったら、こうやって一緒に話をできたらいい。

第二章　大人達の悩みは尽きず

秋もだいぶ深まり、冬の足音が間近に迫り始めた頃——。

グローヴァー侯爵家に、新しい命がひとつ増えようとしていた。

「……まだかな、まだかな」

朝からそわそわとしていたカークは、部屋の中に入りたくてしかたないようだ。それは、付き添いを断られたオーランドも同じ。

隣の部屋で待機しているカーク親子に付き添うミリエラ親子にもそのそわそわは移っていた。

「パパ、ニコラは大丈夫よね？」

ミリエラは、不安になって父の手をぎゅっと握りしめた。ミリエラの母は、お産がきっかけで命を落とした。

ニコラの前でうっかり不安を零《こぼ》してしまった時、「私は頑丈だから、大丈夫ですよ」と笑っていたけれど——医療がミリエラの知っている日本ほど発達していないのだから、どうしたって不安は大きくなってくる。

「大丈夫、ニコラは強い——それに、できる限りの守りはしておいた」

と言いつつ、父のほうも不安そうだ。

母がミリエラを産んだ時、父は錬金術を使い最大限の守りを施《ほどこ》してからお産が始まった。

けれど、それでも母は命を落とすことになってしまった。

錬金術は絶対ではないし、亡くなった人を生き返らせることもできない。ふたりが不安に思うのも、しかたのないところである。

「……ごめんね、こんな時に僕まで押しかけちゃって」

と、申し訳なさそうにカークの隣で小さくなっているのはディートハルトである。

「ディーは俺の親友だからな！　赤ちゃんにも兄貴みたいなものだろ」

というカークの言い分はいくぶん乱暴な気もするけれど、ディートハルトも朝から屋敷を訪れていた。もともと今日は剣の訓練をすることになっていたので、彼の訪問は予定通りと言えば予定通り。

落ち着かない気分のまま、どのくらいの時間が過ぎたのだろう。

「ホァアン、ホァアン」

夕方近くになって、隣の部屋から弱々しい声が聞こえてきた。オーランドとカークががたっとまったく同じ勢いで立ち上がる。

「オーランドさんとカークはどうぞ」

出産の手伝いをしていたメイドが、オーランドとカークを呼びに来る。

いくら家族同然と言えど、そこは線を引いておかなければならない。そわそわとしながら、赤ちゃんが連れてこられてくるのを待つ。

いつの間にか、隣の部屋の泣き声は静かになっていた。

（……大丈夫かな）

そわそわし続けながら待っていると、ミリエラを取り上げる時も来ていたという産婆が、真っ白な布にくるまれた赤ちゃんを抱いて入ってくる。

産婆にまとわりつくようにして、カークも一緒に入ってきた。オーランドは、隣の部屋でニコラに付き添っているようだ。

「女の子です」

先ほどまで泣きわめいていたのが、今は目を閉じ、ぐっすりと眠っているのだろうか。いや、まだ起きている。焦点の合わない目が一瞬開いて、また閉じられた。

「ちっちゃいなあ、可愛いなあ」

弟がいい、なんて言っていたのはどこに行ってしまったのか、カークは顔が蕩《とろ》けそうになっている。それはミリエラもディートハルトも同じ。

「ちっちゃぁい」

「ライナスも生まれた時は、こんなだったよ」

産婆の腕の中にいる赤ちゃんを見て、大きな声で脅かしてしまわないよう、ひそひそとささやき合う。父が遠巻きにしているのに気づいたミリエラは、手招きして呼び寄せた。

「パパ、パパも赤ちゃんを見て」

「ああ——可愛い子だね」

長い沈黙と共に赤ちゃんを見守った後、父の口から出てきた言葉はそれだけだった。

この世界で、母子ともに健康で出産できることがどれだけ貴重なことか！　父もミリエラもその言葉の重みを、身をもって知っている。

「でもさ、弟なら、一緒に剣の練習ができたのにな」

「女の子だってできるでしょ？　最近女性騎士っていうのが増えてきたんだって」

がっかりしているカークを、ミリエラはそう言ってなだめてやる。

カークの妹が、剣の訓練をしたがるかどうかはまた別問題だが、近頃の騎士団は女性にも門戸を開いている。望めば、剣の道も開けそうだ。

オーランドとニコラの娘でミリエラの乳姉妹になる以上、ミリエラの侍女となる可能性は高い。となると、ある程度の戦闘能力も求められそうな気がする。

（私には、最強の護衛達がいるから、戦闘能力は必要ないんだけどね……）

なにしろ、ミリエラは精霊達にとっては、いとし子である。一度誘拐されたことはあるけれど、あの時だってエリアスが父とミリエラの仲を改善するために誘拐犯をあえて見逃していた。

もし、あの時の犯人がミリエラを本気で殺そうとしていたならば、そして、父の救出が間に合わなかったら、エリアスの力でバラバラになっていたのは誘拐犯のほう。

父が間に合ったので、顔が原形をとどめなくなりそうなレベルで殴られるだけですんだのである。

「カーク、今日は寝る時間まで、私達と過ごそう。ニコラは疲れているし、オーランドの付き添いが必要だからね」

「はい、侯爵様」

ぴっと背筋を伸ばして、カークは返事をする。

最近、父に対するカークの態度がいくぶん変わったような。

もちろん、最初からきちんと主と家臣の息子というのはわきまえている子だったけれど、最近それに忠誠心のようなものが加わった気がする。ミリエラの気のせいだろうか。

隣の部屋に赤ちゃんを戻すため産婆が出ていってもまだ、子供達はうっとりとしていた。

「可愛かったねぇ……」

「俺の妹だぞ。可愛いに決まってる」

「ライナスが生まれた時も、可愛かったんだよ。こんなにちっちゃくてふえふえ泣いてて」

以前のディートハルトは家族とぎくしゃくしていたけれど、今では兄弟仲良く過ごしているのを知っている。

「ライナスに、赤ちゃんが生まれるって教えたら羨ましがってた。来年になったらこっちに来たいって言ってるから、その時会わせてくれる？」

「もちろん！　ライも大事な友達だからな！」

ふたりが仲良く並んで歩いていくのを、ミリエラは少し離れたところから見守っていた。気分はすっかりお姉さんである。肉体の年齢は、三人のうちミリエラが一番年下なのだけれど。

「ねえ、パパ。今日は、一緒に寝てもいいかな？」

甘えた顔で見上げれば、父はこちらを満面の笑みで見下ろしている。もちろん、と返されて、ミリエラは父に抱きついた。


この国では、子供が生まれてから五日前後で名づけの儀式を行うことになっている。

ミリエラの時は、生まれてすぐにオーランドとニコラの夫婦に引き渡されたから、その儀式は行われていない。

父親が健在なのに勝手にやってしまうのはどうなのだろうと迷った結果、やらなかったらしい。名前は父から教えられていたことだし。

父はそれをいくぶん申し訳なく思っているようだけれど、ミリエラからしてみれば、記憶がないのだから、残念でもなんでもない。

赤ちゃんへの贈り物を持った人達が、一部屋に集まる。名前の発表があってから、贈り物を皆の前で公開するのが習わしだ。

「じゃあ、この子の名前を発表しますね」

ニコラはまだベッドだけれど、産んだ直後と違って、いくぶん元気を取り戻している。

乳母は雇わず自分で世話をすると言っているので、しばらく大変になりそうだ。

使用人のうち、子供を産んだ経験のある女性が、ニコラの手伝いをしてくれることになっているから、きっとなんとかなるだろう。

「この子の名前は、ニーナになりました」

「ニーナ、可愛い名前！　ねえ、ニコラ。ミリィ達のお祝い、開けてもいいかな？」

「ミリエラ様が開けてくださるんですか？」

うん、とうなずいて、ミリエラはテーブルに置いていた大きな包みに手をかけた。これは、ミリエラ達が作った贈り物である。

けれど、まだこれでは完成ではない。仕上げは、カークに任せることに決まっていた。

「カーク、仕上げをしないと。ニーナって書ける？」

「書けるさ、もちろん！」

ディートハルトがペンとインクを差し出す。

白いネームプレートに、カークがニーナの名を記す。つづりは、横からオーランドが教えてくれた。

「でーきーたー！」

ちょっと文字が右斜め上がりになってしまったけれど、カークの手で名前が記されたプレートを、メリーの一番上に取り付ける。

「あのね、これ、ベッドに下げたいの」

オーランドに事前に頼んでおいたから、ベビーベッドの上に、メリーを吊り下げるためのフックが用意されていた。

天井から、長い紐で吊るされたメリーが、ニーナの顔の上に来る。きっとまだ、見えてはいないだろうけれど。

「ミリエラ様、これはなんですか？」

「これ、メリーって言うの。ニーナのおもちゃ。ここにスイッチがあって、スイッチを入れると……」

スイッチに手を触れて、マナを流す。メリーがゆっくりと回り始めると、優しい音色の子守歌が聞こえてきた。

メリーには、多少のことでは取れないようにしっかりと十個近いおもちゃがぶら下げられている。

使用人達の意見も取り入れて、いろいろな手触りのものを用意した。

布製のおもちゃ、木製のおもちゃ、金属のおもちゃ、それから、ミリエラが様々な素材を組み合わせて錬金術で作ったものも。

「もうちょっと大きくなったら、これを見て楽しいってなるといいなと思って」

ニーナがひとり遊びするようになったら、もう少し下に届くようにして、手や足で遊ばせるのもいいらしい。おもちゃは外せるから、メリーを卒業しても遊ぶことができる。

「ありがとうございます。ディートハルト殿下、ミリエラ様……カークも、ありがとう。なんて、素敵な贈り物なんでしょう」

「この子は幸せ者です。ありがとうございます」

ニーナへの贈り物に、オーランドとニコラの夫婦は、胸がいっぱいになったようだった。ニコラなど、涙ぐんでしまい、口元を手で覆いながら回るおもちゃを見つめている。

「ニコラには、僕もお世話になっているからね」

頭を下げられたディートハルトは、少し照れくさそうな笑みを見せた。

側仕えのギルヴィルがディートハルトに注ぐ愛情も、しっかり理解しているだろうけれど、ディートハルトにとっては、オーランドやニコラがカークやミリエラに注ぐ愛情がまぶしいのだろう。

「この人形はミリィが作ったんだ。そっちの木のおもちゃは俺とディー」

図鑑を見て、様々な動物の姿をモチーフにおもちゃを作ってみた。

猫とヒヨコのぬいぐるみは、風の精霊と火の精霊をモチーフにしたもの。

それからボールもぶら下がっているし、カークとディートハルトが作った木製のおもちゃは手に取って打ち合わせると音がする。

「きっと、楽しんでくれると思います。本当にありがとうございます」

「ミリィは、お姉ちゃんになったからね！　ニコラがいなくても、ちゃんとお着替えできるようにならなくちゃ」

背中のボタンは留められないので、そこは人の手を借りなければいけないのだが、なんとか支度ができるように頑張っている。

最近では、ニコラではなく、メイドが順番に朝の着替えを手伝ってくれるようシフトを組んでいるらしい。

父からは、魔道具の木馬。マナを流すと、自動で前後に揺れるそうだ。これは、歩けるようになってから使うものだ。

「侯爵様、俺がそれに乗りたい」

「こら、カーク」

「君は、乗馬の訓練もしているだろう。おもちゃの馬は、ニーナに譲りなさい」

父は目を輝かせたカークをなだめている。本来の持ち主はニーナである。

執事や、他の使用人達からはニーナの服を何着も。

皆でお金を出し合って生地を買い、裁縫の得意な使用人達が手分けをして縫い上げたものらしい。サイズはいろいろで、数年の間は着るものに困らなそうだ。

騎士団員達からは乳母車。この家に来たばかりのユカ先生は、小さなミトンと、靴下のセットを何組か。

「先生、このミトンはどうするの？」

小さなミトンは可愛らしいけれど、外に行くわけではないのだから必要ないような。

「これは、顔をひっかかないようにするためですよ。なくてもいいんですけど」

赤ちゃんは、自分の顔をひっかいてしまうらしい。爪を切っていてもそれは避けられないので、ミトンで覆っておくそうだ。

「ユカ先生も、ありがとうございます」

「いいえ、姉が子供を産んだ時のことを思い出して、懐かしくなりました」

ユカ先生もにこにことしている。どうやら赤ちゃんはその場にいるだけで、山のような幸せを運んでくるようだ。

「可愛いねぇ……」

「本当に、可愛いねぇ……」

大人達がくすくすと笑いながら見守る中、三人はお腹の空いたニーナが泣き声をあげるまで、うっとりとその様子を見守り続けたのだった。

グローヴァー領は、王都からは馬車で三日ほどの距離がある。子連れともなると、もう一日か二日、多く見積もっていたほうが安心だ。

近頃では、ミリエラもカークも体力がついてきたので、三日で行けることも増えてきたのだが、負担になるのは間違いない。

（去年はずっとこっちにいたけど、その前はパパ、引きこもりだったからなぁ……）

とはいえ、今年はちょっと事情が変わったらしい。

「……王都まで行かなければならないのか」

王宮から来た手紙を手に、父がため息をつく。

王宮からのものだと見てわかるのは、机の上に放り出されている封筒に、国王の封蝋《ふうろう》が押されているからだった。

「パパ、お留守にするの？」

今日はディートハルトが来ないので、ミリエラは父の仕事部屋で過ごしていた。カークは、オーランドと共に訓練している。

「ミリィを置いていきたくないんだがね……」

うぅむと父は唸っている。

なんでも、王宮にある魔道具の調子が悪いらしく、父に直してほしいそうだ。問題は、それが国宝であり、王宮から持ち出しできないこと。つまり、王宮まで修理に出かけなければならないのだ。

「ミリィ、パパと一緒に行く！　おじい様とおばあ様にも会えるでしょう？」

親戚はほとんど残っていないのだが、母方の祖父母である伯爵夫妻は健在だ。

父のことをとても可愛がり、実の息子のように愛している祖父母のことを、ミリエラはとても慕っていた。

「天気がよくないだろう。一度行ってしまったら、しばらく戻ってこられないかもしれないんだ」

「そっか……それはキビシイね」

冬に行き来しないのは、大雪が降ったら戻ってくるのが大変になる可能性というのが大きな理由である。

腹をくくって、一冬あちらで過ごすという選択肢もないわけではないけれど、そうなると別の問題が発生してしまうのだ。

「ニコラは今動けない。となると、ユカ先生にお願いすることになる。この時期に先生を婚約者と引き離すのは問題だ」

ユカ先生は、春になったら結婚することになっている。結婚式にはミリエラも招待してくれるそうだから、今から楽しみである。

結婚式前の婚約者達を引き離すのに父はいい気がしないそうだ。

「それに、ミリィはニーナに会えなくなってしまうよ」

「うぅむ……」

その発言には、ミリエラもまた唸ってしまった。

ニーナが生まれてひと月。ますます可愛らしくなってきた。まだ、寝たり起きたりしているだけだけれど、だいぶ視覚のほうは発達してきたみたいだ。

カークがメリーのスイッチを入れると、じぃっと見ているのだから間違いない。

ニーナに会いに行くのが、今のミリエラにとっては大きな楽しみのひとつである。ニーナと離れ離れになるのはちょっとつらい。

けれど、領地に残ると言えば、父と離れ離れになってしまうわけで。これは、ミリエラからすれば大問題発生である。

大問題だけれど、ミリエラの答えは決まっている。父をひとりにしないと決めたのだから。

「……もし、行くならミリィも行く。お勉強は宿題をユカ先生に出してもらって、春から頑張る」

「そうか」

「カークはどうしよ……でも、きっとニーナと一緒にいたいよね」

カークも来てくれたら嬉しいけれど、ニーナの側にいたいに決まっている。

ミリエラのせいで、家族が引き裂かれるのはよろしくない。オーランドも今回は護衛から外して、ニコラの側にいてもらおう。

――そう思っていたのだけれど。

領地に残ると聞いて、まず憤慨したのはカークだった。

「だって、ディーも行くんだろ？　そしたら、俺こっちでひとりじゃないか」

父が王宮に赴く時には、できるだけディートハルトも一緒に行くことにしている。

ディートハルトがグローヴァー領に追いやられる原因となった問題は、まだ残っているけれど、王宮の人達のディートハルトに対する感情は大きく変化している。できれば戻ってほしいと思い始めているからだ。

特に弟のライナスはディーハルトにべったりで、彼が来ないとなると機嫌が悪くなるのは目に見えている。ディートハルトの教育係も王都に戻るから、彼らについては問題ない。

けれど、カークは違う。

「ニーナの側にいなくていいの？」

生まれたばかりの大切な妹だ。側にいたいに決まっているだろうと思ったら、カークはふふんと笑った。

「俺はミリィの護衛だからな！　ミリィの側にいるに決まってるじゃないか」

「だから、それは将来の話でしょ？　今はそんなこと考えなくてもいいのに」

カークの気持ちが嬉しくないと言えば、嘘になる。

けれど、カークの将来を今から決めてしまうこともないだろうというのもまたミリエラの考えだった。もしかしたら、余計なお世話なのかもしれないけれど。

「決まりだからな、行くからな」

行くって、それでいいのだろうか。ニコラにも聞いてみようと思って、部屋を訪れたら、こちらはこちらで大変であった。

「ニコラ、すまない……侯爵様をお守りしないという選択肢はないんだ……」

カークを引き留めるよう頼みに行ったら、そこではオーランドがニコラの前で頭を下げていた。ニコラの腕の中にいるニーナは、目を開いてその様子を眺めている。

（これはこれでものすごい問題なんじゃ……！）

父は、オーランドを置いていくつもりなのに、なぜ、オーランドは行く気になっているのだろう。

「ええと、あのね……」

ミリエラが口を挟もうとしたら、先にニコラが口を開いた。

「謝る必要はないわ。だって、それはあなたのやるべきことだもの。あの方にとって、信頼できる人間というのはそう多くない。だったら、あなたは王都まで行くべきよ。私とニーナのことは気にしないで――いえ、忘れられたら困るのだけれど、今、私にできるのはこの子を育てることだけだものね」

ミリエラは、そこで立ち尽くしてしまった。オーランドとニコラには、とても大きな犠牲を払わせてしまっているような気がしてならない。

「ミリエラ様、そこにいらしたのですか」

「ごめんね、ニコラ。ミリィ、お留守番でもいい」

父に会えないのは残念だけれど、ニコラと領地で留守番をしていてもいいのだ。

そうなったら、オーランドは行ってしまうかもしれないけれど、カークはここに残ることになる。少しは、ニコラも寂しくないだろう。

「いいえ、ミリエラ様、王都には行くべきです。王都で、いろいろなことを学ぶのはミリエラ様にも必要ですよ。お勉強は、ミリエラ様のお仕事ですもの――ついでに、カークにも学ぶ機会を与えてやっていただけると嬉しいです」

そんな言い方をされてしまったら、ミリエラから言えることはなにもなかった。ニコラの、母のものにも似た愛情を強く感じてしまうから。

「わかった。じゃあ、パパと行ってくる。ユカ先生に、宿題お願いしなくちゃ」

「ユカ先生にも同行をお願いしましょう」

「……でも」

「先生も、お仕事ですから――」

王宮から呼ばれたのだから、父には行かないという選択肢はない。こうして、王宮へ出かけることが決められたのだった。

＊＊＊

ジェラルドがオーランドとニコラを呼んだのは、その夜のことだった。

ふたりが指定された居間に入った時には、新しくこの家に加わったユカ先生もそこにいた。

と、ユカ先生に目をやり、改めてニコラは思う。

（……得難い女性だわ）

なにしろ、国内有数の資産家である麗しい男性を目の前にしても、ユカ先生の表情はなにも変わらないのである。

いや、美しいものを見た――というような満足げな色を目に浮かべることは何度かあったけれど、どちらかと言えば芸術作品を鑑賞している時に近い。

彼女の婚約者も誠実な男性で、春の挙式が楽しみでならないと先日語っていた。

「皆には、迷惑をかけることになってすまないと思っている」

「そこで頭を下げないでくださいよ、侯爵様」

夫のオーランドが、遠慮なくジェラルドの前に腰を下ろした。ニコラもそっと、その隣に腰を下ろす。

「ユカ先生も、挙式前の大事な時期に留守にすることになってしまって……」

「いいえ、お気になさらず。私達、結婚の準備はそれほど大変ではないんですよ。招待客も少ないですし……姉家族の宿泊場所には、お屋敷の別館を貸していただけますし」

ユカ先生の夫になる魔道具師は、すでに両親ともどもこちらに引っ越しをすませている。親戚は遠いので、手紙で挨拶を済ませ、挙式そのものはひっそりと行うらしい。

ユカ先生は、姉夫婦を招待するそうだが、ジェラルドが屋敷の別館を宿泊場所として提供することにしたため、挙式前の準備はもう終わっていると言ってもいいらしい。

「貴族の結婚式と違って、庶民の結婚式はそう大変でもないんですよ。花嫁衣裳は、姉が使ったものを借りるので、縫う必要もないですしね」

結婚した頃の姉と体形は似たようなものだから、挙式の前にサイズ合わせをする程度で問題ないそうだ。

近所の住民を呼んでお祝いのパーティーくらいはするけれど、それもまた、馴染みの店に注文して、極力花嫁の負担は少なくしているらしい。

「しかし、新居の準備はしなくていいのか？」

「それも問題ありません。婚約者がすべて片付けてくれましたから。私は、荷物だけ持って行けばいいんです」

今後、ミリエラの教育上必要であれば侯爵家の使用人用住居に入るかもしれないが、今のところは婚約者が用意した家から通う予定だそうだ。

「ミリエラ様もカークも行くそうですから、私もあちらで授業をしようと思います。ああ、そんな顔はなさらないでください。仕事ですから」

すまない、とジェラルドが口を開きそうになったのを、ユカ先生は手をぱたぱたと振って止めている。この人が家庭教師になってくれてよかったと改めて思う。

「オーランドも、ニコラもすまない。本当にふたりには迷惑をかける」

「だから、謝らないでくださいと言っているでしょう。俺も、ニコラも自分の仕事をしているだけです」

と、断言するオーランドにうっかり惚れ直しそうになる。

幼い頃から、共に暮らしてきた相手である。オーランドがジェラルドに対して抱いているのは、やはり、家族愛に近い感情だろう。

「侯爵様は、使用人に対して気を使いすぎです。侯爵様がお留守の間、私がしっかり屋敷をお守りするので安心して行ってらしてください」

本当に、この人は使用人に気を使いすぎだ。

たしかに、自分は、彼の最愛の人の乳兄弟であって、親友でもあった。夫は、ずっと彼に寄り添ってきた親友だ。

家族に限りなく近い存在。でも、越えてはならない一線を越えないようにしなくてはならない関係。カークにもそのあたりのことはきちんと教えている。

「侯爵様、私達が一番考えなければならないのは、ミリエラ様のことです。ユカ先生も、そう思うでしょう?」

最近仲間に加わったユカ先生。ニコラよりも若い女性だが、生徒達のことを心から大切に思ってくれているのが伝わってくる。

「侯爵様。王都では、他の貴族の令嬢と交流する場も持てるでしょうから、無理に領地に戻らず、一冬王都で過ごすおつもりで行くほうがよろしいと存じます」

ミリエラの特に親しい友人が、カークとディートハルトのふたりだけであることはニコラもずっと気にしていた。ユカ先生は、その点もきちんと侯爵に伝えてくれていたらしい。

「……そうだな。ミリエラが、王都に行きたいと願うのであれば、連れて行こうか。皆には、迷惑をかけることになってしまうが」

「侯爵様、俺達は皆、侯爵様が好きなんですよ。だから、そういう言い方をしてはいけません」

オーランドの言葉に、ジェラルドはわずかに顔を赤くした。人からの好意には、慣れていないのだ。

「侯爵様、ワインを飲みましょう。しばらくふたりで飲んでなかったでしょう?」

これで話は決着がついたと言わんばかりにオーランドがねだる。

「秘蔵のワインを出そうか」

「つまみは俺が持ってくるので、侯爵様はワインをお願いします」

図々しい要求だが、ジェラルドも笑っている。オーランドとの時間を楽しみにしてくれているのだろう。

女性ふたりも誘われたが妊婦のニコラとアルコールはたしなまないユカ先生は、参加しないことにした。休むようにと雇い主に言われて、遠慮なく部屋に下がろうとした時である。

「ニコラさん、少しよろしいですか？」

廊下に出たところで、ユカ先生に呼び止められた。話は終わったと思っていたから、少々意外である。

「あの、こういうことを言うのはおかしいかもしれませんけれど……その、侯爵様も人との距離を取るのはあまりお上手ではありませんね……？」

「特殊なお育ちの方なので。いったん受け入れたら、とことん受け入れてくださるのですが」

「そうですよね、それはわかります……でも、少々困りましたね……」

「困る？」

「ミリエラ様の将来にも、大きく関わるかもしれませんもの」

まだ若いけれど、ユカ先生の人を見る目はたしかだ。彼女がジェラルドやミリエラに危ういものを感じているのであれば、早めに手を打つに越したことはない。

「ハーレー伯爵夫妻に、私からお手紙を書きましょう。あの方達でしたら、ミリエラ様に一番いいように取り計らってくださいます」

ここで頼りになるのは、ミリエラの祖父母だろう。ニコラも幼い頃からよく知っている人達。

彼らならきっと、力になってくれる。

「承知いたしました。では、冬の間、ミリエラ様は私にお任せくださいませ」

右手を胸に当て、ユカ先生はにっこりと微笑む。やはり、この人をミリエラの家庭教師に選んだのは正解だったとニコラは胸を撫で下ろしたのだった。

＊　＊　＊

王宮からの命令とあれば、速やかに出立しなければならない。

やりかけの仕事のうち、王都に持っていけるものについては持っていくように手配し、それ以外のものは、大急ぎで片付けるか、来年の春以降にするよう調整する。

それらの準備を二日で終え、三日目には馬車に乗り込んでいた。

「……揺れるねえ」

誰に言うともなく、ミリエラはつぶやいた。馬車は揺れるものと相場が決まっているが、今回はいつも以上に揺れがひどい気がする。

いつもなら、馬車の中でカードゲームをしたり、本を読んだりする余裕もあるのに、今回はできそうになかった。

「道が荒れているからね、しかたない。凍っているところもあるし」

窓から外を見て、父がため息をついた。先日、初めての雪が降った。雪が降るとどうしたって道が悪くなる。

車輪がぬかるみにはまったのを、強引に引いたりすることもあり、いつも以上に大変だ。それに、魔道具で行う天気予報によれば、これから雪がひどくなって戻ってくるのは困難になる可能性が高いらしい。

「でも、ミリエラ様のお陰でぽかぽかですよ。馬車の中は冷えますから、こうして毛布を貸していただけるだけで負担は大きく違います」

と言ったユカ先生は、すっぽりと大きな毛布にくるまっている。これは、保温布でできていて、内側はぽかぽかと温かいのだ。

「そうだね。以前は本当に寒かった――と思う」

と、言ったのは父。なにしろ、父は引きこもりである。最後に冬に出かけたのはきっと十年以上前のことだろう。

「オーランド達は、寒くないかな」

「保温布で作った内着を着せているから、以前よりは楽になったはずだ」

馬に乗っている護衛達も、さすがにこの状況で金属鎧は着ていない。

布を何枚も重ね、綿と錬金術で強度を高めた素材をみっちりと詰めた防護服を着ているのだが、その内側に保温布を一枚着るようにしたそうだ。

まったく寒さを感じないというわけにもいかないだろうけれど、以前よりははるかに快適らしい。それを聞いて、少し安堵した。

父とミリエラが座席の片方を使い、もう片方の席はユカ先生を挟むようにして子供達が座っている。

「先生、先生は、王都に行ったらなにをするんですか？」

「ミリエラ様のお勉強がない時は、お友達に会いに行ったり、お店を回ったりしようと思います。結婚式の時に、王都で流行っている髪飾りをつけるのもいいかなと思って」

「素敵！　先生、気に入ったのがあったらミリィにも見せてね」

「かしこまりました」

うっかり自分のことを「ミリィ」と呼んでしまう癖はまだ抜けない。でも、今回はそこを追及されなかったのでほっとした。

（それにしても、お尻が痛い……！）

寒さの問題は解決したけれど、お尻が痛いのはどうしようもない。座席は最高級のクッションだし、これ以上の素材を見つけるのは難しい。

となると、馬車の振動を軽減させる方向に行くべきか。

（空中に浮けば揺れは減るだろうけど……）

と、頭の中をよぎったのは、前世の知識であった。

たしか、リニアモーターカーは、空中に浮いて進むのだった。

詳しい原理は知らないけれど、超強力な電磁石を使って空中に浮かせていたはず。

だからといって、王都からグローヴァー領まで線路を引くのが現実的ではないことぐらいわかる。電気が存在しない世界だから、電磁石も作れないだろうし。

「先生は、王都から来たんでしょう？　お尻が痛くなりませんでしたか」

「そうですね、お尻がというより身体中ですね……何度か馬車を乗り換えてきたのですが、乗合馬車って、こんなにいい座席ではないんですよね」

決まった街を結ぶ乗合馬車は庶民には欠かせない足だけれど、庶民の足というだけあって、内装にそこまでお金はかけていない。きっと、ユカ先生は大変な思いをしてグローヴァー領まで来たのだろう。

「パパも痛い？」

「身体が痛くないと言えば、嘘になるな」

「パパも痛くなるんだ……」

いくら乗り心地のいい馬車とはいえ、王宮と行き来するのを嫌がっていると思ったら、そういう事情があったらしい。

（……馬車の乗り心地をよくする方法を考えよう……！）

頭の中でいろいろと考えていたら、眠気がやってくる。

父の手が肩にかかり、引き寄せられる。なんだかそれが嬉しくて、ミリエラは微笑みながら眠りに落ちた。

王都にあるグローヴァー家の屋敷は、以前と変わりなくミリエラ一行を出迎えてくれた。

ディートハルトは、王宮に回って先に降りてもらったので、ここで降りるのは父とミリエラ、ユカ先生とカークである。

道中ずっと気を張って警護をしてきたオーランドは、いくぶん肩がだるいらしい。ぐるぐると回して唸っている。

「ミリエラ、待っていたのよ！」

「ジェラルド、元気そうでなにより」

この屋敷の主より先に到着していたのは、母方の祖父母であるハーレー伯爵夫妻である。

母方の祖父母というだけではなく、父のほうとも血縁関係にあるらしい。父のほうは、本当に薄い血の繋がりで、血縁といっても少々遠いらしいのだが。

年齢にふさわしく時を重ねながらも、愛らしさを失わない祖母は、ミリエラをぎゅっと抱きしめる。

「また大きくなったのね！　会いたかったわ！」

主がいなくても祖父母が屋敷に入れるのは、事前にそう取り決めをしてあるからである。

真っ先に父とミリエラを出迎えたいらしい。

「カーク、あなたまた逞《たくま》しくなったわね！　すっかり素敵な騎士さんだわ」

と、祖母に誉められ、カークはわかりやすくでれでれとした顔になった。カークは祖母に懐いているのである。

「妹が生まれたのですってね。ニコラが教えてくれたわ。お祝いは贈ったのだけれど、春には会いに行きたいと思っているの」

「伯爵夫人にお目にかかれたら、ニーナも喜ぶと思います」

「ふふ、会ったとしても、まだ私が誰かなんてわからないでしょうけれど」

ニコラは母の侍女であったから、祖母とも知り合いである。というより、もともとニコラの母が祖母の侍女で、母の乳母の役も務めたらしい。

ニコラのことをもうひとりの娘のように可愛がっているというのは、ニコラのいないところでこっそり父から教えてもらった話。

「それと、あなたがユカ先生ね。子供達をよく導いてくださいな」

「は、はい。精一杯務めさせていただきます」

祖母にぐいぐい来られたユカ先生は、いくぶん困惑の表情だ。

貴族らしからぬ振る舞いをしているのは父も同じなのだが、父は育ちが特殊であるというのは皆が知っている。まさか、祖母もそうだとは思ってもいなかったのだろう。

「おじい様、抱っこしてください」

祖父はミリエラを抱き上げたがるので、祖父に会ったらまずは抱っこをおねだり。両手を広げたら、ひょいと抱え上げられた。

「さすがに、重すぎるのではないか？」

「おじい様、レディに重いは失礼ですよ！」

「はは、そうだな。しかし、ミリエラは本当に大きくなった」

祖父とも、同じようなやりとりを何度もしている。来年の春が来たら七歳。重い、と言われるのが本当は嬉しい。

祖父母も時々グローヴァー領を訪れるのだが、馬車での旅は体力を削るらしく、今後はそうしょっちゅう来られないのではないかという話も聞いていた。

（やっぱり、うんと乗り心地のいい馬車を作らなくてはね……！）

ミリエラは、改めて決意する。その馬車を作るのは、今までの経験の中でも一番大変になるということはまったく気づきもせずに。

王都に到着した翌日には、さっそく王宮行きである。父は朝から王宮に行き、国王に命じられた仕事を行うことになった。

明日以降は、ユカ先生と父が話し合って決めたスケジュールに沿って勉強することになっているけれど、今日はミリエラとカークも父に同行して王宮を訪れた。

「オーランドはまた騎士達と訓練するの？」

「そのつもりです。グローヴァー領にももう少し腕の立つ者がいればいいんですが……」

ニコラがオーランドに王都に行くよう勧めたのは、グローヴァー領ではオーランドにかなう者がいないというのも理由らしい。

オーランドは、王宮の騎士達と訓練するのが一番なのだとか。

そんな話をしていたら、向こう側から同じ色彩を持つふたりが駆けてくるのが見えた。

昨日まで一緒に馬車に乗っていたディートハルトと、ディートハルトの弟のライナスである。

「カーク！　ミリィ！　会いたかった！」

どちらもそれぞれの母親似なのか、ディートハルトとライナスは色彩はともかく顔立ちはあまり似ているわけではない。けれど、ライナスはディートハルトのことが大好き。仲のいい兄弟である。

以前、ライナスからディートハルトを奪ったと誤解されたミリエラが、攻撃されたこともあった。あの時は髪を引っ張られて泣いてしまったのだが、今ではライナスも大切な友人だ。

「カーク！　赤ちゃんは？　連れてこなかったの？」

ライナスはきょろきょろとしながら、カークにたずねた。

「赤ちゃんはまだ、馬車に乗れないんだぞ。ライがグローヴァー領に来たら会わせてやる」

「ごめんね、昨日そう説明したんだけど、絶対連れてきてると思っていたらしくて」

と、ちょっぴり困った顔のディートハルト。弟は可愛らしいのだが、ミリエラとは違った行動をとることが多いので、どう相手をしたらいいのかわからないようだ。

オーランドは子供達を王宮の警護に託し、騎士団員達と訓練をするために去っていった。今日は一日自由時間である。

「それより！　今日はなにして遊ぶの？」

ライナスは王都で生活しているから、彼と会える時間は貴重である。ミリエラの言葉に、ライナスは大きな笑みを浮かべた。

「エリアスとフィアンに会いたい！」

「……そうね。エリアスとフィアンのこと、大好きだものね」

カークやディートハルトはしょっちゅう会っているのだが、ライナスがエリアスとフィアンに会える回数はそんなに多くない。

「エリアス——フィアン——来て」

ミリエラが呼ぶと、ふわりと二体の精霊王が姿を見せる。

「わあい、エリアス久しぶり！　フィアンも！　フィアンのしっぽは綺麗だねぇ……！」

「あー、いきなりひっくり返して腹に飛び込むのはやめてもらいたいのだが……」

「ほほほ、もっと妾の美しさを誉めたたえるがよいぞ！」

本当は、ライナスの力でひっくり返されたところで、エリアスが転がるはずはないのだ。

困った顔をして、お腹にライナスが飛び込んでくるのを受け止めているのは、エリアスなりに相手をしているのだろう。

ミリエラは中身が大人だし、ディートハルトも年齢の割には大人だ。カークは年相応だが、精霊王には相応の敬意を払うべきだと思っている。

そんなわけで、遠慮なしに弄《いじ》り回すのはライナスだけなのだ。

「フィアンは綺麗、とっても、綺麗！」

エリアスのお腹に顔を埋めながら、自作の歌まで歌い始めてしまった。とても自由である。

「……まあ、いいか」

ライナス以外の三人の子供達は、互いに顔を見合わせた。ここは一番年下のライナスが楽しんでくれればそれでいい。三人の気持ちは、そこで見事に一致した。

「……そうそう、ミリィ新しい馬車を作ろうと思うのよ。身体、痛くなかった？」

「今回はひどかったねー」

「雪が降っていたからな」

ミリエラはエリアスのお腹を枕にして、ゴロゴロとする。ライナスは、今度はせっせとフィアンの面倒を見ていた。フィアンの爪や嘴《くちばし》を磨くのである。

「ライナスはよい子だのぅ……そうそう、次は左脚を頼む」

だらりと床に座り、ライナスのほうに脚を投げ出しているフィアンは満足そうな表情だ。精霊王がそれでいいのだろうか。ミリエラは、精霊王を枕にしているけれど。

ライナスは、エリアスにもフィアンにも気に入られていて、それぞれ贈り物をもらっている。

そのためか、エリアスとフィアンに会いたがるのだが、こうやってふたりの世話をできるというのも大きいのかもしれない。

「ねえねえ、水とか土の精霊っていないの？」

フィアンの爪を磨きながら、ライナスがこちらを振り返る。言われてみて気がついた。

ミリエラの目は、その気になればありとあらゆる精霊を見ることができる。どうしても視界がうるさくなるので、普段は精霊が見えないように閉じているのだが。

「いるよー。まだ、契約してないだけ。そうでしょ、エリアス」

「あー、そのうち、そのうち、な」

ゴロゴロと喉を鳴らしながら、エリアスが言う。本当に、自由な精霊王様である。

「そうそう、今度、お茶会をするんだよ。お姉さんをいっぱい招待するんだって」

「えー」

ライナスの話を聞きながら、ミリエラはげんなりした顔になった。

お茶会には、あまりいい思い出がない。なにしろ、父に近づきたがる若い女性と、父に近づくためにミリエラを利用しようという若い女性に囲まれるのがいつものことだからだ。

王宮の茶会を毎回欠席するわけにもいかないから、父もミリエラもしぶしぶ出席している。

「大丈夫だよ、今回は僕達と年頃の近い子ばかり招待するから――僕にも、もっと友人が必要だってことになったみたい」

と、ディートハルト。

「普段はグローヴァー領にいるのに？」

たしかに、ディートハルトにも友人はいてもいいだろうけれど、改めて王都での友人を増やす必要はあるのだろうか。

「王宮に戻ってきたほうがいいんじゃないかって話が出てるんだよね。僕は、グローヴァー領にいるほうがいいんだけど」

ディートハルトとライナスの後継者争いは、今のところライナスが優勢だという話だ。というのも、現在の王妃がライナスの母だからだ。

しかし、自分の立場を考え、身を引く選択をしたディートハルトの賢さを惜しむ声も大きいらしい。王も王妃も、ディートハルトを疎《うと》んじているわけではなく、後継者問題で頭を抱えているだけだから、ディートハルトが戻ったら嬉しいのだろう。

「ディーは、帰りたいの？」

「うーん、どうだろうな……」

エリアスの毛並みに指を走らせながら、ディートハルトは遠い目になる。

「ディーの好きにしたらいいよ。こっちで暮らすなら、しょっちゅう遊びに来られるように、侯爵様にお願いするし」

と、カークはこの場の空気を読んでいるんだかいないんだか。

しかし、カークの言葉にディートハルトの表情は、いくぶん明るいものに変化したのだった。

第三章　精霊王達の依頼

居間の窓から外を見て、ミリエラはため息をついた。天気予報は大当たり。

「雪、やまないねぇ……」

「領地には、まだしばらく戻ることができそうにないな」

父も、ミリエラ同様いくぶんがっかりしているようだ。途中で遭難する可能性もあるし、足止めを食らう可能性もあるということで、こちらの屋敷にとどまっているのが一番安心なのである。

(馬の負担をもう少し減らす……っていうか、馬車本体が浮けば楽になるんだろうけど)

車輪ではなくそりの上に乗っている馬車というのもあるらしいのだが、どこでもそりが使えるとは限らない。

(ニーナのこと、パパもすごく可愛がっているから)

ミリエラに気兼ねしているのか、父がミリエラの前でニーナを抱くことはほとんどない。

だが、ニコラやオーランドにニーナの様子をしばしば確認し、こっそりおもちゃを差し入れたり、新しい肌着を仕立てるための布を渡したりしているのを知っている。

ミリエラを別館に追いやったのも彼の優しさ。

ミリエラの育っていく過程を間近で見ていなかったのを後悔していると知っているから、微笑ましく見守りこそすれ、嫉妬なんてしない。

（私は、お姉さんだし！）

前世では、家族の愛に恵まれることなく大人になって、ひとり寂しく死んだ。こちらの世界に生まれ変わってよかったと思うのは、様々な愛情を知ったこと。

生まれたばかりの小さな命がどれほど頼りなくて、どれほど温かくて、どれほど愛おしいか。

ニーナが生まれた時に知ってしまったから、ミリエラも王都にとどまらなければいけないのが残念でならない。

「カーク、ニコラからお手紙来た？」

「来た来た。毎日、話はしているんだけどな」

ディートハルトとライナスの兄弟には、ミリエラはふたりだけの通信機をプレゼントしていた。同じ通信機を、ニコラとオーランドとカークにも贈っている。カークは毎晩ニコラと通話をし、ニーナの様子を確認しているそうだ。

「寝返りはもう打った？」

「まだだってさ」

寝返りが打てるようになる前に帰りたい、と思うけれどきっと無理だろう。雪の舞う空を見上げて、ふぅとため息をつく。

帰りたいと思っているのはミリエラだけではないのだから、わがままは言わないようにしなくては。そこへ、オーランドが顔を出した。

「カーク、稽古場に行って身体を動かさないか」

「行く！」

今日は父も屋敷で仕事をしているから、オーランドも暇らしい。カークを呼びにきたのは、カークの体力を発散させておこうということなのだろう。

「ミリエラ様、ミリエラ様もいかがですか？」

「ううん、ミリィは――じゃなかった、私はいい。エリアスとフィアンと話さないといけないことがあるの」

「かしこまりました。じゃあ、カーク。片付けが終わったら、稽古場な」

はーい、と返事をして、カークは広げていたおもちゃを片付け始めた。

オーランドのことを、カークは尊敬しているらしく、最近ではオーランドの言うことに反発しなくなってきた。

もっとも、剣の稽古というカークの好きなことをやりに行くからかもしれない。

「本当にミリィは来なくていいのか？　練習だけでも楽しいぞ」

「うん、まあ、ミリィは騎士になりたいわけじゃないからね。錬金術の勉強をしたほうがいいと思うんだ」

「そっか。でも、身体を動かすのは大事だからな、あとで鬼ごっこしようぜ！」

大人の受け売りなのであろう言葉を残し、片付けを終えたカークはバタバタと出ていってしまった。扉が閉じるのを待って、ミリエラは小さく笑った。

最近、カークも変わってきた。ミリエラとの距離を変えようとしているの、ちゃんとわかっている。

（いつまでも、このままではいられないってことなんだろうな……）

それは、父とオーランドとニコラを見ていてもわかる。

前世が日本人の感覚が残っているから寂しいと思ってしまうけれど、きっとそれは、この国では間違いだ。

「エリアス、フィアン、来て」

ミリエラが声をかけると、ふわり、と二体の精霊王が姿を見せた。

姿を見せるなり、エリアスは暖炉の前で長々と身体を伸ばす。

「ふぅ。ここは居心地がいいな」

「そなた、本当の猫ではないだろうに――ミリエラ、どうして妾達を呼んだのだ？」

本物の猫そっくりにくつろいでいるエリアスを横目に、フィアンはミリエラに呼びかけた。

「そろそろ、いける気がするんだけどどうかな」

ミリエラは、真剣な顔をして問いかけた。

雪の中から、声が聞こえたような気がしたのだ。エリアスの時も、フィアンの時も、精霊王のほうから呼び出すように告げてきた。

「どうせなら、ふたりにも一緒にいてもらったほうがいいかなと思って」

フィアンを呼び出した時、エリアスとちょっとした騒ぎになったのは覚えている。

そのあたりのことはミリエラはよくわからないけれど、とにかく新しい精霊王と契約するのであれば、ふたりには側にいてもらったほうがいい気がした。

「そうだな、そろそろいけるんじゃないか」

「ミリエラのマナの成長は、著しいものがあるからのぅ……」

ちょっぴり、精霊王達に落ち着きがないのはどうしてなのだろう。もしかして、今からミリエラが呼び出そうとしているのは、とんでもなく根性悪な精霊なのだろうか。

けれど、耳に呼びかけてくる声を無視するわけにもいかない。

窓を大きく開け放つと、ぴゅぅっと冷たい風が吹き込んできた。

「わわわ、寒い寒い！　ミリエラ、なにをするんだ！」

「だって、こうしたほうが声がよく届くと思ったんだもの」

寒い寒いって、エリアスは風の精霊だろうに。

ミリエラは、大きく息を吸い込んだ。目を閉じ、耳を澄ます。

『契約して……わたくしと、契約してほしいの……』

耳の奥のほうに、小さな声が届く。やっぱり、精霊王に呼びかけられていた。

雪の中から呼びかけていたのは、きっと水の精霊だ。雪は溶ければ水になるから、雪も水の精霊の管轄なのだろう。

「いいよ、来て！」

両手を広げ、マナを身体中に巡らせる。すでに、エリアスとフィアンの二体を具現化させているけれど、もう一体くらいならいけそうだ。

体内でぴゅーっと激しくマナが渦を巻く。強大な精霊の存在が強く身近に感じられる。

「……初めまして、ミリエラ。わたくしに、名前を付けてくださる？」

耳の側で優しい声がする。

それは、甘くて低い、優しい女性の声のようにミリエラには聞こえた。ミリエラの周囲が、少しばかりひんやりとしているのはきっと水の精霊がすぐそこにいるから。

「いいよ。ミリィが名前を付けてあげる。ディーネ、あなたの名前はディーネ」

そう呼びかけたとたん、さらにぐっとマナが持っていかれた。

（なんだか、こんなに苦しいって……）

思わずふらつく。こんなに強引にマナを持っていかれるとは思ってもいなかった。

「わたくしの名を呼んでくれてありがとう。ミリエラ――水の精霊王、ディーネよ」

「ふわぁ……綺麗な人だぁ……」

思わず感嘆の声が漏れた。

正確に言うと、人ではなくて、人魚だ。

美しく青い髪をなびかせたディーネは、二十代後半の女性に見える――上半身は。髪の色より一段青い美しい瞳。通った鼻筋に薄くて形のいい唇。

どことなく高貴な印象を与えるのは、彼女が精霊王という精霊の中でも特に強大な力を持つ存在だからだろうか。

上半身は、ぴったりとした青い衣服に覆われている。袖は肩から袖口まで少しふわりとしていて、そこだけ、腕が透けて見えるほどに色が薄かった。

下半身は、長さの違う何種類かの青い布を重ねているように見える。ふわふわとしていて、裾は、ひらひらとたなびいていた。

床に立っているのではなく、少し高いところに浮いている。長さの揃《そろ》っていないスカートの裾から、ひれのようなものが見えた。

「ふふ、あなたの目には、わたくしがこう見えているのね？」

微笑んだディーネは、ふわりと床の上に降り立つ。足ではなくひれのはずなのに、どうやってバランスを取っているのだろう。

「ディーネ、足、痛くない？」

「足がどうかしたのかしら？」

「人魚姫は、地上に上がるのに悪い魔女から薬をもらうっていう話があるの。ひれが足になるんだけど、一歩歩く度にとんでもない痛みに襲われるって――こっちの世界の話じゃないんだけどね」

ミリエラに前世の記憶があるのは、精霊王達は知っている。それこそが、精霊王達がミリエラを愛する理由のひとつでもあるらしい。

「まあ、そんな残酷な」

アンデルセンの童話の人魚姫では、結末はもっと残酷だ。なので、ディーネにはそこまで語るのはやめておいた。

「でも、わたくしは大丈夫。痛みなんて感じないから」

「それならよかった」

痛みを覚えるようならば、ミリエラはものすごく後悔することになっただろう。ディーネを人魚のような姿として思い浮かべたことを。

『僕達のことも忘れないで！』

ディーネが姿を見せたからか、水の精霊達もふわふわと空中を漂って、ミリエラの前に姿を見せた。

背中に透明の羽根が生えた姿は、水というより雪の精霊のように見えた。精霊にはっきりとした性別があるのかどうかはわからない。男の子にも女の子のようにも見える彼らは、白い雪の結晶が裾にあしらわれたワンピースを着てふわふわと空中を漂っている。

「夏になってもあの服なのかな……」

「あれは、わたくしが着せているの。夏になったら、また新しいお洋服を考えましょうね」

ふんわりとディーネは微笑んだ。

（エリアスや、フィアンとはちょっと違う……！）

エリアスはどちらかというとミリエラに甘やかされたがるし、フィアンも自分の面倒をみさせようとしている節がある。

ブラッシングを求められたり、爪や嘴を磨くよう求められるのは、わりとしょっちゅうあることだ。だが、ディーネは今のところそういった要求を口にすることはない。

「え、ええと……ディーネはお菓子とか食べる？」

「ええ、もちろん。いただけたら嬉しいわ」

なんだろう、この感じ。どう考えても、優しいお姉さんを相手にしているという雰囲気である。

「じゃあ、お願いしてお茶を持ってきてもらうね！」

この屋敷で働いている人間は、急に精霊王が訪れるのにも慣れている。というか、慣れなくてはこの屋敷でやっていけない。

「ええと、お嬢様……そちらのご夫人は……？」

呼び出しに応じてやってきたのは、王都の屋敷を長年守ってきたメイドであった。

エリアスとフィアンは人間とは違う姿をしているから、一目見れば精霊王だとわかる。

けれど、ディーネは足さえ見せなければ、美しい女性にしか見えない。

「今日、契約したの。水の精霊王のディーネよ。歓迎会をするから、お茶の用意をお願い」

「――かしこまりました」

新しい精霊王の登場に驚きはしただろうが、さすがグローヴァー家のメイド。その驚きを表には見せず、騒がず、落ち着き払った様子を崩さずに、部屋を出ていく。

「この屋敷の使用人は、よくしつけられているのね」

ソファに座ったディーネは、ミリエラを膝の上に乗せ、満足そうに微笑んだ。

「ミリエラ、そなた、新参者の膝がいいのか？」

「そうだそうだ、我の腹！　我の腹だってふわふわだぞ！」

ミリエラがディーネの膝の上に乗ったことで、エリアスとフィアンには妙なライバル心が目覚めたらしい。ミリエラの側でエリアスはひっくり返り、フィアンは長い首を伸ばして自分の存在を主張し始めた。

「今は、ディーネと話をしているからね。ディーネは、どうしてあったかいの？」

てっきり、水の精霊王だからひんやりしているのだと思った。けれど、抱きしめられたディーネの身体はとても温かい。たぶん、ミリエラと同じくらいの体温だ。

「氷も雪も水も全部わたくしだもの。お湯だってそうでしょう？　自分の体温を、ミリエラに合わせるくらい簡単なことよ」

「なるほどー」

なんとなくそうではないかと思っていたけれど、ディーネの説明で納得することができた。

やがてやってきたメイドは、精霊王達に一礼すると、四つのカップにお茶を注いでいく。お菓子もテーブルの上に並べると、再び一礼して引き下がった。

ミリエラを膝に乗せているディーネに、好奇心を隠せず視線を送るのだけはどうしても我慢できなかったみたいだけれど。

「とりあえず、お茶にしよ！　皆、お菓子もお茶も好きでしょう？」

もちろん、と精霊王達はうなずき、それぞれ席についたのだが――。

エリアスはじっとりとした目で、ディーネを睨《にら》みつけた。

「お前、なんでミリエラを膝の上に乗せたままなんだ？」

「そうだ、ミリエラを自由にしてやるがいい」

口々にエリアスとフィアンは言うけれど、ディーネはまったく動じなかった。それどころか、しっかりとミリエラに回した腕に力をこめる。

（……ニコラに抱きしめてもらった時とはちょっと違うなぁ）

なんて、考えている余裕があるのはいいことなのか悪いことなのか。

「だって、こうやってミリエラを甘やかしたいんだもの。いいでしょう？」

「え？　ええ、ディーネがそうしたいというのなら、ミリィは別に構わないけれど……」

ふふ、と満足そうに笑って、ディーネは白くしなやかな手を伸ばした。皿の上からクッキーを一枚取り上げる。

侯爵家の料理人は、お菓子を作らせても大変上手だ。

ディーネの気に入るお菓子にできていればいいなと思いながらミリエラが見ていたら、ディーネはそれを自分の口に運ぶのではなく、ミリエラの口元に持ってきた。

これ、どうしろというのだろう。

「はい、あーん」

「あーんって……ふみゅ」

あーん、という言葉とともに、ミリエラの口にクッキーが押し込まれた。口の中でほろりと崩れるバタークッキー。上質のバターを使っているために、芳醇《ほうじゅん》な香りがする。

（うーん、おいしい、けど……）

赤ちゃんではないので、口に食べ物を運ばれるのには慣れない。ミリエラが飲み込むのを待っていたように、次はチョコレート生地のクッキーが運ばれてきた。

「あーんして」

「あのね、ディーネ……むぎゅ」

口の中に、またクッキーが押し込まれた。チョコレートの香りが口内に広がるのが大変美味……ではなく。

「ディーネも食べてよ。ディーネにも食べてもらおうと思って出してもらったんだから」

「わたくしは、ミリエラに食べさせるほうがいいわ。それに、もうふたつ、いただいたし」

ミリエラの口に運ぶのと同時に、自分の口にも入れていたらしい。やはり、精霊王、行動が素早い。

「……ディーネ、自分だけ楽しむつもりか？」

「そうだそうだ、ミリエラよ。ほら、妾のクッキーも食べるがよい」

どこでどうやって掴んでいるのか、羽根の先端にクッキーを載せて、フィアンが差し出してくる。

「あら、駄目よフィアン。その羽根、さっきまで床に擦っていたじゃないの」

くすくすと笑ったディーネは、ミリエラを抱きしめる腕に力を込めた。加減ができていないのか、ちょっと苦しい。

「しまった！　人の姿をとるべきだったか……！」

ディーネにクッキーを拒まれて、フィアンはその場に崩れ落ちた。別に、ミリエラはそんなこと気にしないのに。

「ふふふ、残念だったわね。ミリエラには、こうやって抱きしめる存在がもうひとりいてもいいと思ったのよ！」

ミリエラを独占しているディーネは、勝者の笑みを浮かべている。

どうやら、ミリエラの前に姿を見せる時には、どんな姿にするのかある程度自分で決められるようだ。

「いや、しかし、ミリエラは我をモフモフするのが好きなのだ！　さあ、思う存分モフるがよい！」

お菓子には構わず、エリアスは床の上に転がってしまった。お腹を見せ、手足をだらんと伸ばし、いつ飛び込んでも問題のない体勢である。

たしかに、エリアスと契約した頃は、モフモフと撫でまわせるペットがいたらいいなと思っていた。

（もしかしたら……私の願いを無意識のうちに聞き入れているのかも）

別にニーナに焼きもちを焼いているわけではない。ニコラの愛が薄くなったわけではないというのはちゃんと理解している。

それでも、少しばかり寂しいな、と思ってしまうのはどうしようもないところで。

「ディーネ、ありがとう。でも、ミリィはお姉さんだから自分で食べられるよ？」

ぴょん、とディーネの膝の上から飛び降り、フィアンとエリアスにクッキーを差し出す。

「ふたりのことも、大好きだから」

「当たり前だ！　最初にミリエラと契約したのは我なのだからな！」

ピン、と尾を立てたエリアスは、さっとミリエラの手からクッキーを奪っていった。

とはいえ、エリアスが抜け駆けして最初に契約したのをミリエラは知っている。今、そこをつつくつもりはないけれど。

「ふん、妾だって、ミリエラのことは気にかけているのだぞ」

まんざらでもなさそうに、フィアンもまた嘴でクッキーをさらっていく。なんだろう、これがいわゆるツンデレか。

「……まあ、いいでしょう」

ふっと息をついて、ディーネは優雅にティーカップを口に運ぶ。

その様は、どこから見ても完璧な淑女。エリアスやフィアンに勝ち誇った顔を見せていたのと同一人物だとは思えないほどだ。

「あともうひとりいれば、全員揃うんだねぇ……土の精霊王にはいつ会えるかな。ミリィがもっと大きく強力なマナを持つようになってからかな」

最初にエリアスとだけ契約したのは、一度に二体の精霊王を呼ぶには当時のミリエラのマナが少なかったからだった。

父から錬金術を学ぶようになり、どんどんミリエラのマナは増えていった。そして今回、ディーネと契約できたわけである。

きっとそのうち、土の精霊王とも契約できるだろう――と思っていたら、三人は一様に顔を曇らせた。

「ねえ、どうしたの？　ミリィ、なにか悪いこと言っちゃった？」

「いや、そうではないのだ。土のは――しばらく連絡がつかなくてな」

連絡がつかないって、メールを無視するようなものだろうか。ミリエラが首を傾げていたら、フィアンが説明を追加してくれた。

「妾達は、どこにでもいる存在だ。風の精霊にしても、火の精霊にしても、どこにでも存在する。水も、土もな」

「……そうだねえ」

「その中でも、精霊王というのは特別な存在。人に呼ばれた時、精霊王として姿を見せることができるだけの力を持つ精霊は、ほんの一握りなの」

フィアンとディーネの説明で、なんとなく理解した気がした。

錬金釜を使う時、毎回フィアンに呼ばれていたわけではない。それまでも精霊の姿を見ることはできたけれど、契約できたのはふさわしい時期になってからだった。

「少し前から、土の精霊王は行方不明なのだ」

「行方不明？」

ミリエラは目を丸くした。ミリエラの知っている精霊王達は、皆すごい力を持っている。そんな精霊王が行方不明だなんて。

「どこにいるのか、まったくわからないってこと？」

「そうだな、最後にあいつの消息を確認したのは、ここ、王都だ。ミリエラ、土の精霊王を探すのを手伝ってもらえないだろうか」

ぴしり、とエリアスの尾が床を打つ。

「土の精霊達に、どこにいるのか聞いても駄目なの？」

エリアスの眷属も、フィアンの眷属も、ディーネの眷属も。姿かたちは愛らしいが、きちんと意思の疎通を取ることができている。

土の精霊王が行方不明になったとして、眷属達の協力を仰ぐことができれば、行方を知るのはさほど難しい話でもないような気がする。

「話がそう単純に進めばいいのだがな。土の精霊達もよくわからないらしい——我らも、他の眷属と意思の疎通をはかるのはなかなか難しい時もあるからな」

と、爪の先で床をひっかきながらフィアン。

（……なるほど。となると、慎重に動かないと駄目なのかな……）

たしかに、こういう事情ではミリエラが動くのが一番早いのかもしれない。

「パパに頼んで、捜索隊を作れるか聞いてみる」

「いや、急ぎではないのだ。精霊王が数百年いなくても、人の世に支障は出ないからのぅ」

フィアンの説明によれば、精霊王がいなくても精霊達は自分の仕事をきっちりと執り行う。そのため、大きな問題にはならないらしい。

というより、精霊王が数百年単位で人の世に姿を見せないというのもわりとしばしばあることらしいのだ。となれば、精霊王達が心配はしていても、さほど焦っていないのもわかる。

ただ、ミリエラと契約できる時期が来ているのに、土の精霊王が姿を見せていないということに、疑問を覚えているらしい。

精霊のいとし子であるミリエラと契約をするのは、精霊王達にとって、それほど大切ということになる。

(私の寿命が来る前に見つけ出せればいいけどな……！)

とは思うものの、彼らがミリエラに頼るということは、ミリエラにならばできると信じているのだろう。ならば、その信頼に応《こた》えようではないか。どこから手を付ければいいのかまったくわからないけれど。

こうして、ミリエラの前には、新しい課題がひとつ積まれたのだった。

＊　＊　＊

ようやく雪がやんだので、カークを誘って庭に出てみた。誰も踏んでいない真っ白な新雪に覆われた庭園は、いつもとは違う光景だ。

「雪だるま作ろうよ！」

ミリエラが誘えば、カークはいい笑顔でうなずいた。ミリエラの提案に心惹かれるものがあったらしい。

「目と鼻はどうする？」

「うーん、お皿とか借りてくる？」

厨房には、木の小さな器があったはず。でなかったら、銅の器でもいい。さすがに銀食器は持ち出せないだろうし、陶器の皿は落とした時が怖い。

「そうだな、お皿がいいかなあ。鼻はニンジンがいいんじゃないかと思ったけど、食べ物で遊ぶのはよくないもんな」

昨日一緒に読んだ絵本の雪だるまは、チョコレートの目にニンジンの鼻を付けられていた。ミリエラが誘った時、カークはすかさずそれを思い出したらしい。

「そうだね……食べ物で遊ぶのはよくないね……」

ニーナのしつけのためにも、食べ物は大切にするよう、大きな子達が率先して手本とならなければ。

ぐっと拳を握りしめたかと思ったら、カークはパタパタと屋敷の中に消えていった。

（雪だるま作るんじゃなかったっけ？）

カークがどこに行ったのかは知らないけれど、ミリエラは雪だるまを作る気満々だ。まずは、小さな雪玉をひとつ。それから、雪の上でその雪玉を転がしていく。

一回転する度に新たな雪をまとい、雪玉はどんどん大きくなっていった。

「うーん、よいしょっと」

あっという間に、ミリエラの腰ほどまでの大きさになる。その時になって、ようやくカークが大きな箱を抱えて戻ってきた。

「これ、これ使えるだろ？」

カークは、王都の屋敷に自分の宝物の一部を置いているのだが、それを取りに行っていたらしい。

彼が自信満々に箱から取り出したのは、木の枝と魔石だった。夏に魔物退治に行った時に退治したスライムの魔石である。

父に頼んで錬金釜を使わせてもらい、溶液に溶かしたスライムの魔石を、まとめて固めたものだ。たしかに、雪だるまの目にちょうどよさそうな大きさである。

それから、どこで拾ったのか、カークも覚えていないらしい木の枝。こういうものが出てくるあたり、男の子なんだな、と微笑ましく思ってしまう。

「ちょうどいいね、それ。ミリィ、もう胴体のほうは作ったよ」

「じゃあ、俺が上を作る」

「手伝う！」

ふたりで力を合わせて、頭を作る。雪玉を転がすのは結構な労力だけれど、ふたりでならあっという間だ。

「よし、載せるか！　――けっこう重いな……」

「雪、ぎゅうぎゅうに固めたもんね……」

カークが勢いよく持ち上げようとしたけれど、思っていたよりずっと重かったらしい。転びそうになっている。慌ててミリエラが手を貸し、ふたり力を合わせて、胴体の上に頭を載せた。

でも、載せただけで終わりではない。

「わわわ、落ちちゃう！　落ちちゃうよ！」

「ミリィ、ちょっと支えてて。ここにこうして雪をつめて……」

ぐらぐらする頭の周囲に、ぎゅうぎゅうに雪を固めてくっつける。ようやく頭が落ち着いた。

「この剣も持たせようぜ！」

カークが持ってきたのは、もう使わなくなったおもちゃの剣。魔石の目玉に、枝の鼻。それから、両手にはおもちゃの剣。ずいぶん勇ましい雪だるまが出来上がった。

「かっこいいね、この雪だるま」

「そうだな、隣にもう一個作ろうぜ。一個だと寂しいだろ？」

隣にもうひとつ、ちょっと小さな雪だるまを作る。こちらにもまた、カークの持ってきた魔石の目を付けた。こちらの雪だるまには、鼻はなしだ。

「こっちにも手が欲しいねぇ……」

「だな、倉庫を探してくるか。待ってろ」

ふたつ並んだ雪だるまを見て、カークは倉庫のほうに走っていく。戻ってきた時には、そりの上にいろいろな工具の入った箱を載せていた。

（そっか、そりって荷物の運搬にも使えるのか……そり……そり……荷物……トラック……コンテナ？）

不意に前世の記憶がよみがえる。

トラックに積まれていたコンテナが、次から次へと大きな船へと積み込まれていく光景。たぶん、テレビの情報番組かなにかで見たのだろう。

荷物を降ろしたトラックが、別の荷物を積んで走り去っていく光景。

（……いける、かも？）

もし、荷台に積んだコンテナを浮かせることができれば、馬にかかる負担はだいぶ小さくなるし、揺れもほとんど吸収できるような気がする。

コンテナ部分を乗り込む場所に置き換えれば、馬車にも応用できるのではないだろうか。

（……そうしたら、王都までの往復がもっと楽になる！）

さすがに小さなニーナを連れてくるのはまだ無理だろうけれど、父もミリエラももっと気軽に往復できるような気がする。

「ミリィ、おい、ミリィってば！」

「あ、ごめん。ちょっと考えてた」

浮かんだアイディアは気になるけれど、今はカークと遊んでいるのだ。あとにしよう。

「……まったくー。どうせ、新しい魔道具のことだろ？」

「なんでわかったの？」

「ミリィのことはなんでもお見通しってこと。で、ちっちゃい雪だるまはこれでいいか？」

ミリエラが考え込んでいる間に、カークは工具をふたつ選んでいた。なにに使うのかわからない工具が二本、腕として差し込まれている。

「この工具、使っちゃっていいの？」

「この箱、捨てる工具だからな。工具以外にも金属を使ったものがいろいろこの箱には入ってる。ある程度まとまったところで、金属を扱う業者に持っていって新たな金属に再加工するんだ」

「へぇ」

自分の家のことなのに、使わなくなった金属製の道具がどんな風に処分されているのかまったく知らなかった。溶かしてから、新たな金属として再加工するなんて考えたこともなかった。

どうやら、まだまだ勉強不足らしい。

「カークは物知りだねぇ……」

　カークのほうが、どうやら屋敷には詳しいらしい。照れ笑いをしたカークは、持って来た工具を載せたそりの引き綱を持つ。

「俺は、屋敷のあっちこっちで手伝いしてるからな。倉庫に箱を戻したら、あっちの丘で滑ろうぜ」

「うん！」

　ミリエラが勉強している時、カークは一緒に勉強をするか、剣の稽古をするか、屋敷の手伝いをしているかだ。きっと、その手伝いの中で知ったのだろう。

　箱を丁寧に元の場所に戻すと、ふたりはてくてくと少し高くなっている場所までそりを引いて歩いていく。

　思いついたことはいろいろとあるけれど、今はまず、目の前の楽しみに思いきり集中するのだ。

「カーク、行こ！」

「こら、ミリィ。俺が後ろに乗るまで待てってって」

　先にそりに乗ったミリエラが、カークを待たずに滑り始めようとする。慌ててカークは後ろに飛び乗る。ミリエラとカークの笑い声は、すぐに雪の中に吸い込まれて消えた。

たっぷり雪の中で遊んだあとは、屋敷の中でゆっくり過ごす。まだミリエラもカークも昼寝が必要だから、軽く昼寝を取らされた。

それから、子供部屋に集合だ。カークは、大きな積み木を積み上げ、なにやら超大作に取り組んでいる。

ミリエラはその横で、スケッチブックを広げた。馬車の絵を描くのである。

(……うーん、でも浮かせようと思ったら、どこまでも浮いていっちゃうよねぇ……)

最終的に実験する時には、父の手を借りる必要がある。

だから、父に企画書を見せようというのだ。たぶん、これは企画書でいいのだと思う。

「なに作るんだ?」

「浮く馬車?　揺れないようにしたら、もうちょっと往復が楽になると思うんだよねぇ」

「いいな、それ」

紙に書いてみる。まず必要なのは、馬を繋ぐ場所と荷台——車体だ。それから、その上に積む箱。箱は乗車部分で、荷台から少し浮くようにする。

(……となると、車体に箱も繋いでおかないとだよねぇ)

馬が走り始めたら、箱だけ置いていかれてしまうのでは意味がない。わかりやすいように、横から見た図を書いてみる。

「これ、なんだ?」

「なんだって、馬に決まってるでしょ？」

　カークが指さしたのは、馬車の前に繋いだ馬である。これなんだってひどい言い草だ。

「や、ミリィ……これ、どう見ても馬じゃないだろ？」

「馬だもん。ここに馬を繋ぐってわかればいいんだもん」

　絵が下手なのは知っている。けれど、あえて今ここでそれを指摘しなくてもいいではないか。気にしているところをカークにつつかれて、ミリエラの機嫌は一気に急降下した。

「もうカークには見せてあげない！」

「ごめんごめんって！　じゃあ、俺、模型作ってやるから。な？　むくれるなって」

　ミリエラの機嫌が悪くなったのを、カークは素早く察知した。さすが、生まれた時からの付き合いである。

　カークが木片で模型を作ってくれるというので、今回のところは、彼の謝罪を受け入れてやることにした。

「ちょっと待ってろ」

　と言って、いったん子供部屋を出ていったかと思ったら、戻ってきた時には様々な木材や工具を持っていた。どこで調達してきたのだろう。

　床にさっと大きな紙を敷く。そして、その上で木材を切り始めた。

「うわあ、すごい……カークがこんなことできるって、知らなかったよ」

「ふふん、俺はミリィの護衛だからな！　遭難した時のための訓練もばっちりだ」

ミリエラが遭難するかどうかは別問題として、カークが器用なのは間違いない。切った木材を組み合わせ、あっという間に小さな箱を作ってくれた。

「ええと、それから……」

次にカークはまたのこぎりで木材を切り始める。とんとん、と釘を打つ軽快な音を響かせたかと思ったら、車輪のついた箱が出来上がった。

ふたつ目に作った箱は、前方にふたつの穴が開き、輪になるよう紐を通してある。新しく作った箱に、最初に作った箱を載せたカークは自慢げに紐を引っ張った。

「この箱に、こっちの箱を載せて――ミリィが考えてるのって、こういうことだろ？」

「そう、そんな感じ！」

先ほど、そりに工具箱を載せて引っ張った時と同じ。箱の上にもうひとつ箱。そして、今カークが引いている紐は、馬車なら馬を繋ぐべきところだ。

「この箱を浮かせたいんだろ？」

「そう、浮かないかな、無理かな？」

「試してみようぜ！」

となると、まずは必要な素材の調査をして、父から錬金釜の使用の許可をもらわなくては。

「ディーにお手紙書かなくちゃ！」

ディートハルトには使いを出し、必要そうな素材を考えてもらおう。

次にディートハルトが来た時に、一緒に調査から始めることで父からは許可を得ることができた。


ディートハルトが屋敷を訪れたのは、それから三日後のことだった。

「ライナスも来たがっていたんだけど……今日は、錬金術の勉強だからね。次のお茶会で、話をしてくれるかな」

「もちろん！」

「当然！　ライも友達だもんな！」

ライナスも錬金術に興味を持っているのだが、兄弟揃って錬金術師になられては困ると、王妃はまだ判断に困っているらしい。

錬金術師になるならないはともかくとして、マナの扱いに長けて困ることはないから、そのうちライナスも修業を始めるかもしれない。

「ええと、箱を浮かせたいんだよね？　カーク、そこの青い本を取ってくれる？」

「おうっ！」

ディートハルトの要請に応じて、カークは本を手渡した。錬金術について記されている本だ。

「風のマナを注いでやるのがいいと思うんだけど……馬車くらいの大きさとなると、ちょっとやそっとじゃ難しいと思うんだよね」

「だよなあ……。きっといっぱいマナが必要になるよな」

「そこは、侯爵に相談するとして」

ディートハルトとカークが、額を突き合わせて話を始める。

ミリエラは、小さく微笑んだ。こうやって、ディートハルトとカークがいろいろ試しているのは、悪い気はしない。

「浮かせるなら、風船タンポポ？」

「出なかったら、ロック鳥かなぁ……」

空中に浮くという性質を持っている風船タンポポの種を使うというのはどうだろうか。それに、空を飛べる鳥型の魔物の魔石なら、相性がいい気がする。

（風船タンポポは、名前どおり風船にも使われているもんね……）

こちらの世界の風船には、風船タンポポから抽出した素材が塗られていることもあるらしい。そうすることで、滞空時間を長くすることができるのだとか。

「溶液は？」

「パパに聞いてみる！」

仕事部屋の向こう側で仕事をしていた父にミリエラは手を振った。ちらりと顔を上げた父が、こちらに歩いてくる。

「パパ、この箱を浮かせたいんだけど、風船タンポポとロック鳥の魔石を溶かしたらいける？」

「……浮かせる？」

「うん。浮かない？　駄目かな？」

顔をしかめた父は箱を手に取った。右手で重さを確かめるように振っている。

「そうだね。この箱ならいけるんじゃないかな……溶液は、青いものを使ってごらん」

「パパ、ディーにやってもらったらどうかな？」

そろそろ、ディートハルトも錬金釜を使ってもいい頃だ。ミリエラが誘うと、ディートハルトはぱっと顔を輝かせた。

「先生、いいですか？」

「……そうですね。マナを流す練習も順調ですし、風船タンポポとロック鳥の魔石ならそれほど反発もないので……」

父の許しを得て、ディートハルトが錬金釜の前に立った。

「頑張れ！　頑張れ！」

「あまり言われると、気が散っちゃうよ」

カークの応援に苦笑しながら、ディートハルトは錬金釜を混ぜるための棒を手に取る。

（ディーのマナも綺麗だなぁ……）

彼の気性を示すように、銀色のマナがまっすぐに錬金釜に流れていく。

錬金釜に真っ直ぐ注がれるディートハルトの視線。なぜか、胸がどきりとする。

ぐるぐると回しながらマナを注ぎ続けると、どろりとした液体が出来上がった。

「……僕の錬成」

ディートハルトは、目を輝かせた。ディートハルトが最初から最後までひとりで錬金釜を使ったのは、これが初めてだ。

「ふふ、やったね！」

ミリエラは、ディートハルトの腕に手を置く。頬《ほお》を紅潮させたディートハルトの表情は、珍しいものだった。いつもは、自分の心を制御しようとしているから。

（もっと、こういう顔を見せてくれてもいいのに）

なんでだろう。今のディートハルトの表情を見ていたら、ミリエラの胸がちくんとした。

無理をして、大人になる必要はないのだ。今はまだ。

「この液を箱に塗って、マナを流してみてください」

「僕がやってみてもいい？」

「もちろん、いいよ。カークもいいよね？」

ディートハルトが手を上げ、ミリエラはうなずく。カークも反対しなかったので、ディートハルトがその先の作業も担当することになった。

「ムラができないように塗るのは難しいね」

「上手に塗れていますよ、殿下。ああ、箱の底はもう一度塗りましょうか」

父の監督の下、ディートハルトは丁寧に箱に溶液を塗っていく。乾いたところで、マナを流してみることになった。もちろん、これもディートハルトが担当だ。

「おおおおおおおお！」

三人の声が綺麗に揃った。ふわり、と箱が空中に浮き上がったのだ。車体と紐で繋いであるので、車体の移動に合わせて箱も移動する。

「これで馬車作れるかな！」

「いけるよなあ？」

「僕も作れそうな気がする！」

はしゃいだ声は、次の父の言葉ですうっと消えてしまったのだけれど。

「でも、今の配合では、これ以上重くなると難しいと思うよ。空を飛ぶ馬車を作りたいのなら、もう少し考えなくては」

今使っている材料では、軽いものしか浮かび上がらせることはできないらしい。それはそうだ。簡単に空中に浮かせることができるのなら、空を飛ぶ交通手段がとっくに広まっているはず。

どうやら、馬車が完成するまでには、まだまだ時間がかかるらしい。

第四章　どうやら、大人にはなりきれていなかったらしい

ジェラルドが部屋に入った時、国王夫妻はすでに待ち構えていた。

謁見《えっけん》の間ではなく、私的な空間だ。ゆったりとしたソファに並んで腰を下ろしている国王夫妻はくつろいだ表情。この部屋に招き入れられる者はそう多くはない。

（まったく、この程度のことで呼び出すとは……）

今回ジェラルドが呼び出された理由は、王家が代々受け継いできた魔道具の修理のためである。春に行われる儀式で使われるものだ。

初代錬金術師、アメルティナ・メイヴィスの作った品だそうで、取り扱いは要注意。

国宝ということもあり、ジェラルドに修復の依頼が来たのだ。春まで使う予定はなかったのだから、修理はそこまで待ってもよかっただろうに。

錬金術の礎《いしずえ》を築いたとして今でも崇められているアメルティナ・メイヴィスが作った品ではあるが、同じような機能を持つ魔道具はいくつも作られている。なんなら、ジェラルドに依頼してくれればまったく同じものを作ることができる。

とはいえ、国家の儀式で使う品だから、初代の手による品を使うことに意味があるのも理解はできる。自分が呼びつけられたことに納得はしていないけれど。

（ニコラをひとりにさせてしまった）

ひとりで育児をするのは心細いだろう。

ニコラに乳母をつけようかと申し出たら、「乳母に乳母をつけてどうするのですか」と笑われてしまった。

幸い、侯爵家の使用人には子供を持つ者が多数いたし、追加で雇った使用人には、ニコラの手伝いをするよう頼んである。

オーランドもカークも側にいないのでは心細いだろうが、ひとりで育児をするよりはいくぶん楽だろう。それもこれも、目の前にいる国王が、真冬にこちらを呼びつけるからだ。

「……その目はやめろ」

「どんな目でしょうか、陛下」

内心の不満が、思いきり顔に出ていたらしい。目の前の国王がしかめっ面になった。

国王とは友人でもあるがそれとこれとは別問題。

「ようやく外に出るようになったと思ったら、遠慮がなくなったな、お前は」

顎に手を当てた国王は、どこか面白そうな表情をしている。

目つきが悪いのは否定できない。自分でも、こんなに感情をあけすけにするようになるとは思っていなかった。

「このような時期に、わざわざ私を呼ぶからではありませんか。あの程度の故障であれば、王宮の錬金術師でも十分修理できたでしょうに」

王宮には、一流の錬金術師が何人も勤務している。ジェラルドを呼ばずに、彼らに修理させればすんだ話。修理は口実だったのだろう。

「ごめんなさいね。それは、あなたに来てもらいたかったのよ。いくぶん、面倒な話になりそうなものだったから」

と王妃。以前、ディートハルトをグローヴァー領に送る時には、手紙を一通よこしただけだというのに。この人も変わったものだ。

「どんな御用でしょうか？」

「ディートハルトのことなのだけれどね、王立学院に通わせるのもいいのではないかと思うの。それに、ミリエラ嬢とカークも」

ミリエラの名前が出てくるのは想定内だったが、カークまでとは思ってもいなかった。わずかに眉間《みけん》に皺《しわ》が寄る。なぜ、カークまで学院に入れようとするのだろう。

「カークは、我が家の騎士の子であって、学院に通うことのできる貴族ではありませんが」

「ディートハルトの従者、という形を取りたい。悪い話ではないだろう？　国内でも有数の教師の集まる学校で学ぶことができる。他の貴族に縁を繋ぐことができれば、カーク自身の将来にも役立つだろう」

「――陛下」

ジェラルドの口から出たのは、すさまじい冷気をまとった重低音であった。

（……カークまで利用しようというのか）

大事な親友の息子であり、ミリエラの兄ともいえる存在。そんな彼を利用しようだなんて。

以前、ミリエラを取り込もうとした時に釘をさしたはずが、ミリエラではなくカークならいいだろうという結論に至ったのか。

「お断り――」

けれど、怒気をはらんだ断りの言葉は、国王に変わって口を開いた王妃によって中断させられた。

「ミリエラ嬢にとっても、悪い話ではないと思うのよ。あなたの領地の近くには、身分や年齢の釣り合う貴族子女は住んでいないわよね？　ディートハルトやライナスと仲良くしてくれるのはありがたいけれど、女の子の友人も必要ではないかしら」

「それは……そうですが」

ミリエラに同年代の女の子の友人がいないという問題点については、以前、ユカ先生からも指摘されている。亡き妻の両親であるハーレー夫妻からも同じような話をされた。

たしかに、王立学院への入学は、同性の友人を増やすのにはいい機会なのだ。

王立学院が創立されたのには、王都から遠いところで暮らす貴族の子女にも、一流の教育を与えるのと同時に、友好関係を広めるための場を与えよう、という目的がある。

事情がなければ、王立学院に通うのはこの国の貴族ならば当たり前のこと。グローヴァー侯爵家が例外だったのである。

（我が家からも入学した例がないわけではないのだが……）

たとえば長子ではない子や、錬金術師としての才に恵まれなかった子などは、グローヴァー侯爵家の者であっても、学院に入学している。錬金術とは違う方向から侯爵家を支えるために。

だが、ミリエラは錬金術師としてはジェラルド本人を超えるであろう資質を持ち、ミリエラ自身も錬金術師になることを希望している。

学院に通うよりも、領地で生活するほうがいいだろう、特に勧める必要もないだろうとここまで来てしまった。

八歳から九歳ぐらいで入学するのが普通だから、学院へ進むつもりなら、そろそろ真面目に考え始めなければならない時期でもある。

「それは、私も考えないわけではありませんが」

「そうでしょう？　ミリエラ嬢の将来を考えたら、同じ年頃の友人がもっといてもいいと思うの」

王妃の顔を見てみれば、情けなさそうに眉が下がっている。

そう言えば、気の置けない相手と一緒にいる時は、素直に表情を出す人だった――というのは、妻が生きていた頃の思い出である。

「ミリエラ嬢はたしかに天才かもしれん。だが、同じ年ごろの子と関わる機会を失ってしまうのはあまりよくないのではないかと思うのだ」

「……陛下」

「カークも、と言ったのは、彼の素質を見込んでのこと。ディートハルトともライナスとも仲がいい。もし、彼の将来にディートハルトなりライナスなりの護衛という選択肢が増えるとしたら？」

「それは……」

「こうやって提案したのは、私達がミリエラ嬢にしてあげられるのは、このぐらいしかないからよ。今なら、ディートハルトにカークを同行させることができるから」

カークにとってもありがたい話かもしれない。

たしかにグローヴァー侯爵家は名門として知られているが、ディートハルトやライナスの護衛につくとなれば、騎士として最高の栄誉のひとつとなる。

そもそも、カークが将来騎士になるかどうかはまだ未定ではあるが、現段階ですでに剣の腕はかなりのもの。王家に仕える騎士という選択肢が開けるのはいいことなのかもしれない。

「カークの未来を縛るつもりはありませんよ」

だが、ここでカークの未来を決めてしまうつもりもない。彼は自由でいるべきだ。ミリエラが自由であるのと同じように。

額に手を当てた王妃が嘆息した。

「あなたが、こんなに強情だとは思わなかったわ。言いたくはなかったけれど、ディートハルトとミリエラ嬢の距離が近すぎることを、問題視する者もいるのよ」

王家が特定の貴族に肩入れしているとなれば、それは嫉妬の対象となる。

今のところグローヴァー侯爵家が矢面に立たされていないのは、先祖の代から築いてきた功績がそれ以上に大きいから。

けれど、これから先、ミリエラに対する周囲の関心はどんどん大きくなってくる。

そうなった時、グローヴァー領に引っ込んでいたとして、どこまでミリエラを守ることができるか。

「ディートハルトには、学院に体験入学という形でミリエラ嬢以外の貴族の子達と交流を深めてもらいたいの。グローヴァー領に戻るにしても、体験入学をしておけば、貴族達もあまりうるさく言えないでしょうからね。ディートハルトが学院は合わないと判断したということになるから」

できれば、年に何か月かは学院に通ってほしいという意図が透けて見えている。実際、そういう形で通っている者もいるという話は聞いたことがある。

「うるさい貴族がいるのであれば、最悪、魔道具の取引を停止するという手もありますが」

ジェラルドの言葉に、国王はうなだれた。

「やめてくれ。それで何軒追い込んだか覚えてないのか」

「私はともかく、ミリエラに手を出したらどうなるか、身をもって知っていただいただけですが？」

何軒か魔道具の取引を停止して追い込みをかけさせてもらったが、錬金術師はグローヴァー家だけではないのだし、他の錬金術師や魔道具師に依頼すればいい。最高の品は、グローヴァー領からでないと入手できないというだけの話。

一流のものを使用するのが当たり前の貴族達にとって、なにが一番こたえるのか、ジェラルドはよく知っている。

「おふたりのお気持ちはよく理解いたしました。ミリエラに、同性の友人が必要だというのは私も考えていたところです。カークにとっても、大変ありがたいことです」

ミリエラが望むのなら、学院に進学するのもいいだろう。

うるさい貴族達の相手をするのは面倒になるが、その時にはジェラルドも生活の中心を王都に持ってくればいい。

ひと月に一度は領地に戻ることになるだろうが、ミリエラと共に過ごせるのなら、それもまたよし、である。

（……その時には、あの馬車を使うというのもありだな）

と考えているのは、先日ミリエラから提案された馬の負担を少なくする馬車であった。改良の余地は山ほどあるが、あれが完成したら王都への往復もだいぶ楽になるはずだ。

「よかった」

ジェラルドの言葉に、王妃は両手をぱちりと打ち合わせた。

「どうせなら、すぐ、体験入学をしましょう」

「……子供達が望むようでしたら」

おそらく、わざわざ冬の間に呼び出しをかけてきたのは、これが本題だったからだろう。国王としての権力をこういう形で行使するとは。

とはいえ、子供達にとってはありがたい選択肢の提案であるのも間違いない。

「今度、ライナスのお茶会にふたりを招待しているのよ。その時、お話をさせてもらおうと思うの」

王妃は無邪気な笑みを振りまいているが、この段階でミリエラが断らないであろうことを確信しているらしい。

「その時には、同席させていただきますよ」

「もちろん。保護者抜きで話を進めるわけにはいかないでしょう?」

王家には王家の思惑がいろいろあるのだろうが、必ずしも悪い話ばかりではない。ジェラルドは国王夫妻の提案を受け入れることにした。

＊＊＊

王宮にお呼ばれするのは、ミリエラにとってもカークにとっても珍しい話ではない。王都を訪れる度に、一度はライナスに会いに行くからだ。

だが、今日は同年代の子供をたくさん招いているらしい。となると、ミリエラもカークも気合いが入ろうというものだ。

「……俺、こういう格好慣れてないんだけど」

カークが身に着けているのは、子供用の正装である。

いつもはもう少し気楽な服装なのだが、今日は貴族の子供達の間に混ざることになる。そんなわけで、父がカークのために用意させたのだ。

「今日のカーク、ちょっと、ううん、すごく素敵よ。パパみたい」

「そうか？」

「うん、すごく格好いい」

正直に言えば、服に着られている感が満載であるが、そこは口にしない。

機嫌よく王宮に行くほうが大事だ。それに、服に着られている感も含めて今日のカークは素敵だ。

（馬子にも衣装って言葉の意味を、今、初めて知った気がする……！）

この世界に「馬子にも衣装」ということわざは存在しないが、今日のカークは少し大人びて見える。もともと顔立ちはそんなに悪くないので、たとえるならば野性味溢《あふ》れる異国の王子様（幼い頃）という雰囲気だ。

ミリエラのほうはといえば、こちらは完全にドレスを着こなしている。王宮に招かれているということで、かなり装飾の多いデザインのものだ。

ドレス本体は、薄い灰色。そこに細い青でストライプが入っている。白いレースの襟は大きく、前世の言葉を借りるならば、セーラー襟のようになっている。襟元のリボンは紺色だ。

スカートは何段にもフリルを重ねた華やかなもので、ところどころレースがあしらわれている凝ったデザインだ。

なにしろ、父が言うには今日はある意味戦争らしい。今ミリエラが身に着けているのは、最高の戦闘服というわけだ。どこの誰と戦いになるのかは、よくわからないけれど。

「今日のオーランドも素敵ね。パパはいつも素敵だけど、今日は一段と素敵」

真っ先にオーランドを誉めたのは、今日は護衛としての任務ではなくカークの付き添いという形での参加だからだ。侯爵家の騎士団員の制服の中でも、正装に当たるものをまとっている。このままお茶会に参加しても失礼にならない服装だ。

父も、ミリエラのドレスと同じような薄い灰色の衣服を身に着けていた。

上着の裾は長く、縁にはぐるりと金のラインが入っている。父の服にはストライプは入っていないが、親子で色を揃えたのだということはすぐにわかる。

「ミリィもよく似合っているよ。では、これをつけようか」

父がつけてくれたのは、銀の首飾りである。中央に、ミリエラの瞳の色と同じ宝石がはめ込まれている。

（これ、ただの首飾りじゃないわよね……）

これでも錬金術師なので、ミリエラは父がつけた首飾りの正体を看破した。

魔道具だ。たぶん、音声か映像のどちらかをどこかに送るものではないだろうか。

たかが子供のお茶会に、とんでもない用心をしている。

（まさか、今日のお茶会、事件の予告とかされてるわけじゃないわよね……？）

そんなところに行くのはまっぴらごめんである。ミリエラの不安は、しっかり顔に出ていたらしい。

「今日は、なにかあるわけじゃないよ。ただ、ミリィは子供のお茶会は初めてだろう」

「うん」

「この首飾りは、映像と音を中継させるためのものなんだ。家に置いてある記録装置でそれを記録することになっているよ。私のブローチもそうだね」

父の襟元には、ミリエラと同じような意匠のブローチがつけられている。ふたりの間近で起こった出来事を記録しておこうというらしい。

（……そこまでする必要ある？）

父の前でそれを見せるつもりはないけれど、正直なところ、ちょっと引いてしまった。

「おじい様とおばあ様にも、見せてあげたいと思ってね」

と父は笑みを向けるけれど、目的はきっとそれだけじゃない。記録さえ取っておけば、使い道はいろいろある。

祖父母にも見せたいのはミリエラも同じだから、ミリエラも反対はしない。

「では、行こうか」

いつもは馬で行くオーランドも、今日ばかりは馬車に同乗だ。座席に座ったカークは足をプラプラさせ、オーランドを見てにやにやし、と忙しい。

「なにしてるの？」

「今日の父上、格好いいからさ！　父上、ディーにも見せ……じゃなかった、ディートハルト殿下にも見てもらいたいな」

「ご挨拶にはうかがうさ」

カークがにやにやしてしまうのもわからなくはない。さすが、騎士の貫禄である。

白い上着に、金の装飾。ところどころに赤を配してあるのもいい。侯爵家の制服をデザインしたデザイナーは、いいセンスをしている。

王宮に到着すると、そこにはたくさんの人が集まっていた。

そのほどんどは、親子連れである。ミリエラより少し幼い――ライナスと同じ年だろうと思われる子供達と少し上だと思われる子達。たぶん、ディートハルトに近い年齢の子達だ。

（五歳から、十歳ってところかな……）

集められた子供達の年齢をミリエラはそう判断した。四歳では、こういった場に出るのはまだ早そうだ。

（あ、あの子もう帰りたがっている）

たくさんの人に怯《おび》えたのか、母親のスカートにしがみついて、早く帰ろうと訴えかけている子が目に入ってきた。厳しく教育されている貴族とはいえ、こういう場に出ると怖いものは怖いらしい。

「――パパ」

「まずは、陛下達にご挨拶だね」

「はい、カークも行こう――じゃなかった、カークも行きましょう」

ふぅと息をついて、ミリエラも意識を切り替える。

今日はある意味戦争だと父は言った。

これまで王宮に招待された時とは違い、今日は子供が主役である。みっともないところを見せたら、グローヴァー侯爵家の悪評に繋がりかねない。

「お嬢様、お手をどうぞ」

「よろしくね」

カークが手を差し出し、ミリエラはちょんと彼の手に自分の手を重ねる。今日は、きちんとした淑女として振る舞わなければ。

「ミリエラ嬢、カーク、よく来てくれたね」

「会いたかった！　ミリィ、カーク、元気にしてた？」

ディートハルトとライナスは、国王夫妻と共にいた。ふたりよりも先に、ディートハルトが口を開き、ライナスがそれに重ねて発言してくる。

「お招きありがとうございます、ディートハルト殿下、ライナス殿下」

カークと顔を見合わせてから、声を揃えて挨拶をした。スカートを摘まんで、頭を下げるのも忘れない。

「今日のミリィは可愛いね！　そのひらひらしたのすごくいい」

女性を見たら、誉めろというのは王家の教育なのだろうか。ライナスはさっそくミリエラのドレスを誉めてくれた。言葉の選択は、少々物足りないが、そのあたりは大人になるまでに身につけばいい。

「ありがとうございます、ライナス殿下」

「うん、ライナスの言う通り素敵だね。その首飾りも」

ちらり、とディートハルトがミリエラの胸元に目をやった。そこで揺れているのは、先ほど父からもらった首飾り。見た目は美しいが、魔道具である。

「侯爵、僕にも作ることができるかな？」

「かなり難しい技術を使いますので、すぐには無理かと存じます、殿下」

魔道具だということを見抜いた上で、父に聞いているのだから、ディートハルトは油断はできない。

「今日のカークも素敵だよ。見立てたのはオーランド？」

ディートハルトは、カークもしっかり誉めた上で、カークの後ろに立っているオーランドに声をかける。へへ、とカークが照れくさそうに笑うのが、視界の端に見えた。

「いえ、侯爵様が見立ててくださいました」

てっきりニコラが見立てたのだと思っていたので、オーランドの発言を聞いて驚いた。カークもそんなこと、一言も言っていなかったし。

ちらりと父を見れば、柔らかく目を細める。どうやら、父も気に入っているらしい。

「――話がはずんでいるところ悪いな。次の者とも挨拶をしなければならないものだから」と、国王が割って入った。「お招きありがとうございます」と父が頭を下げ、皆それに倣った。

「父上、もうちょっとミリィとカークと話がしたい」

「ライナス、またあとで時間を取るよ。父上と母上と一緒に行こう」

つまらなそうなライナスを促し、またね、と挨拶をしてからディートハルトは国王夫妻のあとを追いかける。

（うーん、視線を感じるな……）

今まで王宮に呼ばれたことはあったけれど、主役はあくまでも父だった。今日の主役はミリエラとカークである。

今までミリエラに向けられる視線といえば、どうやって父に取り入ろうかという打算を前提としたものが多かった気がする。

けれど、今回は違う——ミリエラ本人の資質を見抜こうとしているかのような、鋭いまなざしがあちらこちらから飛んでくる。

（っていうか、女の子が多いな……？）

男の子の視線は、ミリエラを通り越してカークに向いていた。どこの家の子なのだろうと考えているのかもしれない。今日のカークは、貴族の家の子にも見えるから。

女の子の視線がミリエラに向いているのはたぶん、王子目当ての子達なのだろう。ディートハルトともライナスとも親しくしているミリエラは、彼女達からしたら面白くない存在だ。

（まさか、この年でこんなことに巻き込まれるとは……）

たしかにディートハルトは整った顔立ちをしているけれど、ミリエラはすっかり見慣れてしまっている。それに、あくまでもディートハルトは友人。

そもそも頭の中身は大人――だいぶ肉体年齢に引っ張られている気もするが――なので、ディートハルトとどうこうなろうというつもりはない。少なくとも、今のところは。

けれど、女の子達にとっては、ディートハルトは憧れの王子様。

その王子様と気安く口をきいているミリエラが面白くないというのもわからなくはない。いや、ものすごくよくわかる。

（親の考えなんて、わからない子も多いでしょうしね）

親の思惑を理解していれば、ディートハルトに目を奪われている場合ではないだろう。彼は、王位継承権を放棄しようとしているし。

未来の王妃の座を望むのなら、ディートハルトにつくか、ライナスにつくか、慎重に見極めるべきだ。そういった親の思惑を察知できないのは、まだまだ子供である。

「今日は、よく集まってくれた。子供達も、互いに親交を深めるといい。大人がすぐ側にいるから、安心だろう」

そんな国王の言葉と共に茶会は始まった。

（うーん、ディーやライと話をする機会はなさそうだな）

あっという間にディートハルトとライナスは、彼らとお近づきになりたい子供達に囲まれてしまった。

ふたりを囲んでいるのは、主に年齢が上の子供達が多いようだ。王子達と繋がりを持つのが大事だということをわかる年齢の子供達だろう。

　ディートハルトにつくべきか、ライナスにつくべきか、判断材料を入手しようとしているのかもしれない。

「私達は、お菓子食べてる？」

「そうだな、そうしようか」

　ミリエラとカークは、改めて王子達とお近づきになる必要はない。さっそくお菓子の用意されているテーブルのほうに向かう。

「素敵。ジャムタルトがいっぱいある！」

　ミリエラの大好物であるジャムタルト。一番好きなのはイチゴジャムのタルトだが、リンゴのジャムや、マーマレードを載せたものなども用意されていた。

　小さな子供でも一口で食べられるよう、タルトは小さなサイズのもの。大きく口を開け、ぱくりと口の中に入れてしまう。

「こっちのケーキもうまいぞ。クルミが練りこんであるみたいだ」

　カークはカークで、カップケーキを頬張っている。チョコレートとクルミが入っているそうで、カークを唸らせるほどの出来栄えらしい。

「ミリィ、クリームの載ったケーキは食うか？」

「食べる！」

カークが手を伸ばし、生クリームの載ったカップケーキを取ってくれる。大きな口でかぶりついて、ミリエラはにっこりとした。

「美味しい！」

さすが、王宮の料理人。いい腕をしている。

王妃に頼んだらレシピをもらえるだろうか。侯爵家の料理人も腕のいい者を揃えているから、レシピさえあれば同じぐらい美味しく作ってくれるはずだ。

「ミリィは、そのプルーンの載ったパイが欲しいなー」

「任せろ」

カスタードクリームの上にプルーンを載せて焼いたパイ。これも一口サイズ。

いろいろな味を楽しめるから、こうやって少しずつ出してもらえるのはいいなと思う。

（……ん？）

周囲の目が、こちらに向いている。ミリエラはしかめっ面になった。美味しいものがあるのだから、食べたっていいではないか。

「なんか見られてるな」

と口いっぱいにケーキを頬張りながらカークは首を傾げる。

「こういうところでいっぱい食べるのは、お行儀が悪いからだって聞いたことがある」

「え、知らなかった。なんでミリィは知っててやるんだよ」

「だって、いつも通りだもの。別に気を使う必要はないでしょう？」

いつもは、大人の会に紛れていたから、子供達がお菓子に夢中になっていても問題にならなかった。今日は、子供達が自分の交友関係を広めるための場だ。お菓子に張り付いている場合ではないのだ。

（知ってるんだけど……でも、ねぇ……）

子供のふりをしておきたい。もうしばらくの間は。

カスタードクリームは甘さが控えめで、その分プルーンの甘さが引き立つ。美味しい。このパイのレシピももらえないだろうか。

「カークも、お友達を作りたいなら行ってきてもいいよ。ミリィは、もうちょっと大人しくしていようと思う」

「や、俺はミリィの側にいる」

ミリエラも友人を探すのにいい機会ではあるが、まだしばらくは大人しくしている予定だ。もう少し皆が落ち着いたら、気の合いそうな子に声をかけてみようとは思っている。

――と思っていたら。

囲みをどうやって突破したのか、ディートハルトがこちらにやってきた。ディートハルトと手を繋いだライナスも一緒だ。

「ミリエラ嬢、カーク。君達は、他の人と話さなくていいの？」

「もう少しあとにします、殿下。皆、忙しそうですし」

にっこりと淑女スマイル。わずかにディートハルトが耳を赤くした。

「カーク、これ食べた？　ミリィは？」

ライナスは、チョコレートクッキーを載せた皿を手にしている。口周りに、クッキーの食べかすがついている。

「殿下、お口が汚れています」

ちょんちょん、とミリエラが自分の唇の脇をつついて知らせたら、ライナスははっとした顔になった。

「兄上……」

「ほら、そんな顔をしない。じっとしてて」

ポケットから取り出したハンカチで、ディートハルトはライナスの顔を拭《ふ》いてやる。まめまめしく弟の世話をしている様は、とても美しい光景だった。

（今の画像、ちゃんと記録されているかな……？）

記録されていたら、王妃のところに複製を送っておこう。ディートハルトとライナスが仲良くやっている様子を見れば安堵するだろうし。

「ねえねえ、カーク。今度はいつ遊びに来てくれる？」

ぴょんぴょんと飛び跳ねながら、ライナスはたずねる。

「それは、陛下に聞いてみないとわからないな。ディートハルト殿下もライナス殿下も、忙しいんだろ?」

「カーク、わりといつもの口調に戻ってる」

ちょいとカークの脇腹を肘でつついてやった。ディーやライと愛称で呼ばずに殿下と言えたのは上出来だが、いろいろとぼろが出てしまっている。

「……難しいな」

カークは苦笑いした。

今度から、屋敷でももう少し気を付けるようにしたほうがいいのかもしれない。これから、王宮に来る機会が増えるのならなおさら。

「ライナス殿下、国王陛下のお許しをいただいたら、お声がけくださいませ。喜んで、参上いたしますから」

頭の中で、ユカ先生との勉強を思い出しながら口を開く。うん、とライナスはうなずいた。

「じゃあ、僕達は他の招待客と話をしてくるね。おやつはほどほどに、君達も新しい友人に出会えるといいね」

ライナスの手を引いて歩いていくディートハルトの姿に、思わずため息をついた。

(完璧なお兄ちゃんで、完璧な王子様だわ……)

ミリエラのほうに、王子様スマイルを投げてくれたのも高評価ポイントだ。ミリエラがディートハルトを評価してどうするのだという話でもあるのだが。

「……じゃあ、そろそろ行ってみましょうか」

女の子達は、いくつかの輪になっているようだ。どこの輪が、ミリエラを受け入れてくれるだろうか。

輪の中には、女の子だけではなく男の子もいる。たぶん、カークのような立場の人なのだろう。あとは、兄妹とか。

「……お話に、混ぜていただいてもよろしいですか？　ミリエラ・グローヴァーと申します。」こちらは、我が家に仕える騎士見習いのカークです」

一番側にできていた輪に近寄って、話しかけてみた。女の子達は、パチパチと視線をかわし、それからミリエラに向かって歓迎の声をかけてくれる。

「素敵な騎士見習いさんだわ！」

「ミリエラ嬢のドレスは、どちらで仕立てたものですの？」

「お父様が錬金術師だとうかがいました。ミリエラ様も錬金術師だというのは、本当ですか？」

こちらに目を向けていたのは、やはり好奇心を抑えきれなかったからのようだ。このあたり、まだまだ子供である。

誉められたカークは前に押し出し、ドレスの仕立屋の名前を教えてやる。

それから、錬金術に興味があるらしい子には、お勧めの入門書まで教えた。これで、仲良くなれるのなら、いいけれど。

「それにしても、ディートハルト殿下とだけではなく、ライナス殿下とも仲がよろしいのですね」

「あー、それは」

やはり、そこも気になるらしい。気になるのか。

ミリエラも外から見ていたら、好奇心を抑えられなかっただろうから、怒るつもりはない。

「ディートハルト殿下は、グローヴァー侯爵領にお住まいですから、親しく行き来する機会をいただきました。ライナス殿下ともそのご縁で」

大事なことは話していないが、嘘も言っていない。

ディートハルトのマナが流れるようにしたのはミリエラだから、とか。ライナスと仲良くなるのに精霊の力を借りた、だとか。そんなことはいちいち触れ回る必要もない。

「お父様も素敵……！」

「本当にお父様なのですか？　お兄様ではなく？」

たしかに父は年齢より若く見えるから、ミリエラの父ではなく、兄だと思われてもおかしくない。なんだかものすごい勢いでぐいぐい来るので、ちょっと引いてしまった。

「……そこのあなた」

「はい！」

ぐいぐい来る女の子達をどうしようかと思っていたら、背後から声をかけられる。その声の鋭さは子供らしからぬもので、ミリエラは大きく飛び上がった。

「殿下と少し仲がいいからって、図に乗りすぎではないの？」

「――は？」

いきなり喧嘩を吹っ掛けられた。ミリエラは眉を上げる。

今まで、好意的にかかわってくれる人としか出会わなかったのは、運がよかったらしい。

「図に乗るとは、どういうことでしょう？」

というか、目の前の少女はどこの誰だ。まったく見覚えがない。

（誰か、なんとか令嬢って呼びかけてくれたら、いいんだけど……）

ここで誰かが家名を出してくれたら、ミリエラに食ってかかっている女の子の名前がわかるのだが。

真っ黒の髪を豪華な縦ロールに巻いた彼女は、ミリエラよりも少し年上のようだ。目尻の吊り上がった黒目は勝気そうで、その印象そのままにミリエラを睨みつけている。

「殿下の側にくっついて。他の者には興味ないってことかしら？」

「今、他の人と話をしていたところですけれど」

せっかく新しい子達と連絡先の交換ができそうだったのに、邪魔をしたのは、この子である。

「スティラ様、ほどほどにしておきませんと……」

気の弱そうな声が、彼女をたしなめる。なるほど、スティラ嬢。

ここに来る前に叩きこんだ名前と家名を一致させる。スティラ・トレイシー。トレイシー公爵家の娘、で間違いないだろう。

「殿下とは、たまたまお話をする機会が多かっただけです。他の方と仲良くなる機会を邪魔したのは、あなたではありませんか、トレイシー公爵令嬢」

「な、なんで私の名前を知ってるのよ！」

ミリエラが、自分の名前を知っているとは思っていなかったらしい。はぁとため息をついて、ミリエラは説明してやった。

「スティラ様、とあなたのことをお呼びした人がいます。今日招待されている令嬢の中で、スティラ様はおひとりだけ。トレイシー家の公爵令嬢しかいません——あ、私は、ミリエラ・グローヴァー。グローヴァー侯爵家の娘です」

ミリエラが誰かわかっていて食ってかかってきたのであろうが、一応挨拶はしておこう。胸に手を当てて名乗ったけれど、彼女の神経を逆撫でしただけのようだった。

「あなたが、殿下を独占しているから、私が殿下とお話しできなかったじゃない！」

「えー」

というか、この子はディートハルトと話がしたかったのか。殿下といってもライナスではないだろう、たぶん。

とはいえ、ディートハルトはミリエラ達との時間を、必要以上に長くならないようちゃんと計算している。ミリエラ達よりも、他の子と話をしているほうが長かっただろう。

「殿下のお側に行けば、お話をする機会はあると思うんですけど」

少なくとも、ディートハルトは自分に好意を持って近づいてくる人を無下に扱うような真似はしない。そこに下心を感じれば、その場で上手に拒むだろうし。

「な、な……自分が、殿下と親しいからっていい気になって！」

きーっとなったスティラは、その場で足を踏み鳴らした。こういうタイプには、初めて出会ったような気がする。

（っていうか、ライとあんまり変わりないような……）

と思ったら、ちょっと笑ってしまった。目の前のスティラが、妙に可愛く見えてきて。

「なんなの？　なんで笑っているの？　私を笑いものにしていいと思っているの？」

しまった、と思った時にはもう遅い。スティラは完全に怒っている。怒髪天をつく、という勢いだ。

「え、っと、その……殿下とお話をしたいのであれば一緒に行きましょう」

とりあえず、他の子とは仲良くするようにと父に言われている。それに、ディートハルトとこの子が並んでいるところを見たいと思ってしまった。

だって、怒っているところはちょっと怖いけれど、スティラはものすごい美少女なのだ。

ディートハルトと並んでいたら、それはもう美しい光景になるに決まっている。

「なんで、なんで……！」

怒らせるつもりはなかったけれど、ミリエラの提案はスティラにとっては許しがたいものだったらしい。

ぱっとテーブルの上に置いてあったカップを取ったかと思ったら、彼女は勢いよく身体を翻《ひるがえ》した。この場は立ち去るつもりらしい。

けれど、身を翻した勢いに負けてふらりとよろめく。

「きゃあ！」

テーブルに手をつこうとして、カップがスティラの手を離れた。

「ミリィ、こっち！」

カークが手を引いてくれたけれど、ミリエラもそちらに逃げようとしていた。ふたりの身体がもつれて、地面に倒れてしまう。

そこにホットチョコレートの入ったカップが降ってきた。ぴしゃっと服に液体のかかった感触がする。

「ミリィ、大丈夫か？」

カークがミリエラを立たせてくれたけれど、せっかくのドレスはひどいありさまだった。床に当たって跳ねた分も被ってしまったのだろう。

ドレスの左半分が、ドロドロになっていて、甘ったるい香りが立ち上る。

子供達の集まりということもあって、ホットチョコレートと言いつつかなり冷まされていたから、火傷《やけど》の心配はなさそうだ。

問題は、ミリエラの心のほうである。

「ド、ドレス……パパとお揃いだったのに……！」

お茶ならまだしも、チョコレートである。これ、どう考えてももう使い物にならない。

「可愛いって、パパ、可愛いって言ってくれたのに……！」

じわり、と涙が溢れた。

家を出る前の、うきうきした気持ちがどんどん崩れていく。

同じような灰色の地を使い、父とお揃いになるようにした。

最近の流行はよくわからないけれど、父がドレスの布も、スカートにあしらわれているレースも、ひとつひとつ真剣なまなざしで選んでくれたもの。

それを、こんな風に台無しにされてしまった——こんなところで泣くべきじゃないとわかっているのに。頭の中は子供じゃないっていつも思っているのに。

一度、溢れだした涙は止まらない。

「ミリィになにするんだよ！　これ、侯爵様とお揃いのドレスだぞ！」

ミリエラを立たせたカークが、スティラに食ってかかる。

「わ、わざとじゃないわ！」

カークが眉を吊り上げ、スティラはその剣幕に後ずさった。

「ミリィを泣かすやつは許さない！」

「待って。カーク、パパ、呼んできて……うわぁん！」

カークの大声とミリエラの泣き声で、会場の空気は最悪になっている。

「ミリィ、どうした！」

ミリエラのいるあたりがおかしいと気づいたのだろう。人をかきわけて、父がやってくる。

「パパ！　パパ！」

手を伸ばしたけれど、ミリエラはドロドロだ。その手で父に触れるのが申し訳ないような気がして、一度出した手を引っ込めた。

けれど、父はミリエラの迷いなんて完全に見抜いていた様子だ。ぱっと逃げる間も与えず、ミリエラを抱き上げる。

「ミリエラ様！　カーク、どうした？」

「チョコレート、ぶつけたやつがいる！」

カークが指をさした先で、スティラはぶんぶんと首を横に振っている。

「ご、ごめんなさい、わざとじゃなくて」

「なんだと？」

カークが一歩踏み出すのを、オーランドがひょいと抱え上げた。オーランドの腕の中でカークはじたばたするが、オーランドにはかなわない。

「そこまでにしておけ、カーク。侯爵様、今日はもう戻りましょう」

「そうだな、これでは……この場にいるわけにはいかないな」

スティラだって、わざとではなかっただろう。

カップを手にしたのは、あの場を立ち去る口実。勢いよく立ち去ろうとしたのは、あの場であれ以上大声を出すような真似はしたくないという気持ちの表れ。

わからなくはないけれど、一方的にまくしたてられ、チョコレートを被る羽目になったミリエラにとってはいい迷惑である。

「うー、パパとお揃いのドレス……！」

しくしくと泣き続けているミリエラの耳に、優しい声が聞こえてくる。

『泣かないで、ミリエラ。水の精霊を呼んでちょうだいな』

この低い声は、ディーネのもの。

「……ディーネ？」

『大丈夫、落とせるから』

ひくっとミリエラは肩を揺らした。本当に、水の精霊に落とすことができるのだろうか。

「本当に？」

『ええ、もちろん』

（お願い、来て！）

『行くよ、ドレス、汚れを落とせばいいんだよね？』

ミリエラの目には、水の精霊達が集まってくるのが見えた。ミリエラのドレスの中に潜り込み、汚れごとはがれてふわりと舞い上がる。

「……う、嘘でしょう……」

ドレスについた汚れが浮き上がっていくのはいいのだけれど――。浮き上がったホットチョコレートの残骸、なぜか輝いているような。

『元の場所に戻しておくねー』

陽気な水の精霊達の声が聞こえてきたかと思ったら、空っぽになったカップの中へとドレスからはがれた汚れが飛び込んでいく。

「……なんと、これが精霊の力」

誰かがつぶやく。

（ちょっと、目立ちすぎな気がするんですけど……！）

ドレスの汚れが取れたのは嬉しかったけれど、こういう目立ち方は想像していなかった。

『ジェラルドの服もやっておくねー』

父の服にも、ミリエラのドレスに染みついていたチョコレートが移ってしまっている。それもまた、カップへと戻された。

「パパ、帰りたい」

大人げない行動なのはわかっているけれど、今日はもう帰りたい。父の首に手を回してそうねだる。

「あ、あの……グローヴァー侯爵」

こわごわとスティラが声をかけてくる。父の腕におさまったまま、ミリエラはじろりとスティラを見た。

「い、今のは私が悪かったの。わざとではないけど、大切なドレスを台無しにしてしまうところでした。あとで、家からもお詫びにうかがいます」

そう言うスティラの唇は震えていて、目には涙が浮かんでいた。しきりに瞬きを繰り返しているのは、涙を追い払おうとしているのか。

ミリエラは、父の耳に口を寄せた。

「もう大丈夫、ミリィ、悲しくない」

今は、この場から離れることさえできれば十分だ。

「謝罪は受け取りました、公爵令嬢。こういった事故はよくあることですから、お気になさらず」

「……でも」

まだスティラはなにか続けようとしていたが、父はミリエラを抱えたまま頭を下げることでそれを中断させた。

子供ばかり集めた会だから、こういうことはよくあるらしい。

とりあえず、ディートハルトとライナスに挨拶はしたのだから、引き上げてしまってもいいだろう。

スティラとはもう会うことはないだろうと思っていたけれど、彼女との再会はミリエラの予想よりはるかに早く実現することとなった。

第五章　この学校、なんだか嫌な雰囲気がするんですけど！

ミリエラが途中退席することになったお茶会の翌日。ミリエラ達は改めて王宮に呼び出され、王妃から王立学院への体験入学を打診された。

「行かなくてもいいんですか？」

「それがあなたの意思ならかまわなくてよ」

ミリエラの問いには、そう返してくる。けれど、王妃からは「ぜひ行くべき」というオーラがビシバシと出ていた。

戻ってから、母に同行して学院に行ったことのあるニコラに聞いてみたら「楽しい思い出ができた」と言っていた。祖父母は行くべきという判断だったので、とりあえず行ってみることにしたのである。

「……早く、グローヴァー領に戻っちゃえばよかったね」

そして、お茶会から五日後。王立学院に向かう馬車の中、ミリエラはぼやいた。もし、雪の中無理をして領地に戻っていたら、王家の人達もこんな無茶な話はしなかっただろうに。

「嫌なことがあったら、すぐに帰ってきてもいいんだ。今回はあくまでも体験入学なのだから」

と、向かいの席に座っている父は言うけれど、体験入学とはいえ途中で逃げ出すのはちょっぴり、いや、かなり癪《しゃく》だ。

「俺も行くことになると思ってなかったしなぁ。侯爵様、本当にディー……トハルト殿下の従者扱いでいいのか……いいんですか？」

ミリエラの隣に座っているカークも、珍しく不安そうな表情だ。

いつもの服ではなく、貴族の子達の普段着のような服を身に着けているのは、ディートハルトの従者扱いで王立学院に体験入学するから。

そんなわけで、彼の服は、ディートハルトが用意してくれたものである。従者の服は、主が用意するのが決まりらしい。

「それが殿下のお望みだからね。ご自分のことはご自分でできる方だから、本当は従者も不要だそうだが」

「頼まれたことはなんでもやります」

本来カークは学院に通える身分ではないのだが、従者として同行するというのは裏技なのだそうだ。

今、カークが所属しているのはグローヴァー侯爵家であるけれど、グローヴァー領で暮らしているディートハルトがカークを引き抜くというのはおかしな話でもないという。

（陛下と王妃様の思惑に乗っかるのはとっても不本意なんだけどな……）

父はミリエラを守ろうとしてくれているが、ミリエラにだってわかる。ミリエラの存在や新しい発明で、侯爵家は少しばかり影響力を持ちすぎた。

今回の申し出は、ディートハルトを守るためでもあり、侯爵家は王家に逆らわないという意思を見せるためのものでもある。そこに、ミリエラの交友関係を広げるためという目的が加わっただけのこと。

（それに、貴族令嬢ってあんなのばかりでしょ……お友達になる必要、あるのかなぁ）

先日顔を合わせたスティラ。彼女だけではなく、ミリエラに嫉妬の目を向ける女の子はたくさんいた。

あの汚れたドレスはディーネの力を借りて綺麗にできたけれど、同じようなことがもう起こらないとは誰にも断言できない。

（……あれがわざとじゃなかったのは、わかっているけど）

あのあと、トレイシー公爵家からは謝罪の手紙と、新しいドレスを仕立てるための布がたくさん届けられた。公爵みずから謝罪に訪れなくとも、正式な文書にしたことでこちらの顔を立ててくれた形になるそうだ。

「……大丈夫ですよ、ミリエラ様。私も同伴しますから」

「ユカ先生もごめんね。本当は侍女じゃないのに」

「ミリエラ様もカークもお屋敷にいないのであれば、私の仕事はありませんからね。それに、いつもの仕事と大きく変わるわけでもありませんし」

貴族令嬢もまた、実家から信頼のおける身の回りの世話をしてくれる女性を連れて入るのが当たり前らしい。

本当は、もう少し年の近い女性を同行させるものなのだそうだけれど、今回は体験入学である。ユカ先生が同行することになったのだが、彼女は今さら授業を受ける必要はない。

「先生、昼間は退屈じゃない？」

「侯爵様が、ミリエラ様が授業を受けている間は自由に過ごしていいとおっしゃいましたので。学院の図書館で過ごそうと思っています」

ユカ先生は、魔道具職人との結婚を控えている。

夫となる人の仕事について、図書館で学ぶつもりなのだそうだ。

学院の敷地にある図書館は、地下の通路で王宮の敷地内にある王立図書館と繋がっているそうで、王立図書館の蔵書も利用できるのだとか。勉強したいことがあればいくらでも学べるようになっているとはすばらしい環境だ。

「簡単な錬金術も侯爵様が教えてくださいましたし……夫の仕事の役に立てそうです」

「簡単な錬金術？」

「金属と魔石を錬成する方法とマナの流し方を少しね。ユカ先生が家庭教師を辞めたら、家族の仕事が手伝えるだろう」

一流の錬金術師になるのは難しくても、父の仕事の下請けくらいならできるレベルのようだ。

夫の魔道具師とも契約を結ぶことになっているから、彼女が錬金術で素材を作り、夫が魔道具に仕立てるという形で仕事ができるように調整しているらしい。

「本当にありがたいお話です。結婚後は通いでいいとのお話ですし」

なんてユカ先生は言うけれど、グローヴァー侯爵家にとっては、ユカ先生はとても貴重な人材だ。彼女を雇っておくためならば、多少の融通はきかせても構わない。

「ミリィ、他の子より授業時間少ないもんね。錬金術の勉強もしないといけないし。だったら、通いで十分でしょう？」

「短時間で、他のお嬢様方と同じことをきっちり学んでいらっしゃるのですから、素晴らしいことですよ」

先生は誉めてくれるが、たぶん、それは前世の記憶があるからだと思う。

他の同年代の子は、机に向かって勉強するのを嫌がりそうな気もする。そのいい例が、目の前にいるカークだ。

（頭が柔らかいうちにたくさんのことを勉強しておかなくちゃ……！）

改めて決意を固めている間に、王立学院に到着する。

学院はレンガ造りの立派な建物であった。蔦《つた》が這《は》わされているのが、なんとも趣《おもむき》のある雰囲気だ。

「あちらが学院の図書館、その向こうの白い建物が王立図書館ですね」

学院の図書館は、校舎や寮と同じようなレンガ造りの建物、その向こうにちらりと見える建物は、王宮と同じような白い石造りだ。

（こんなところに学校があるなんて気づかなかったな……）

王宮には何度も訪れていたけれど、隣にこんなレンガ造りの建物があるなんて知らなかった。

ミリエラがしばしば招待される区画とは離れているというのもあり、まったく目に入っていなかったらしい。

予定より少し早い到着だったのだが、慌てた様子で奥から何人かの人が出てくるのが見えた。

先頭に立っているのは、五十代か六十代だろうか。老人と呼ぶにはまだ若い年代の男性だ。

まるで病気でもしているのではないかと思うほどがりがりに痩せていて、長いローブから突き出ている手足も棒みたいだ。

それから、一緒に出てきた人達もまた、彼と同じようなローブを身に着けていた。教職員の制服なのかもしれない。

彼らがミリエラ達の側まで来た頃、ちょうど王宮からの馬車も到着した。

「ミリエラ嬢、カーク、今回は、僕のわがままに付き合ってくれてありがとう。ふたりが来てくれて嬉しいよ。ユカ先生も、よろしくお願いしますね」

黒い上着に白いシャツをきっちりと着こなしたディートハルトは、やはり今日も完璧な王子様ぶりであった。

「おはようございます、殿下」

「今日からよろしくお願いします、殿下」

ミリエラは朝の挨拶をし、今日からディートハルトと同じ部屋で暮らすカークは丁寧に一礼する。

「僕は、グローヴァー領で暮らせればいいと思っているんだけど……でも、これも必要なことではあるのだろうね」

年齢に見合わない苦笑じみたものを浮かべたディートハルトは、父のほうに向き直る。

「侯爵、ミリエラ嬢とカークを一緒に体験入学させてくれてありがとう。二週間ほど付き合わせることになってしまって申し訳ないけれど」

「いえ、殿下。娘にもカークにもいい経験となるでしょうから」

父とディートハルトの話が終わるのを待ち構えていたかのように、出てきた人達のうち、先頭に立っていた男性が声をかけてきた。

「ディートハルト殿下、それから従者カーク。グローヴァー侯爵に、ミリエラ嬢、侍女のユカ殿、ですね？」

彼は、父に頭を下げ、それから子供達のほうに向き直った。

「遅れて申し訳ありません。私が学院長のアークライトです。一度、中にお入りください」

立派な応接間に通され、学院での生活に関して説明される。

今回は二週間の体験入学なので、三人とも寮に入る。ディートハルトは隣の王宮に住んでいるけれど。

校舎を中心に、向かって左側が男子寮、右側が女子寮。食事は、校舎に付属する食堂でとるらしい。授業は、進捗に合わせて何段階かに分かれているけれど、今回は初級を受講することで話がついているそうだ。

（変なの。なんで、こんな嫌な雰囲気がするんだろう）

目の前にいる学院長は、穏やかな物腰の男性だ。なのに、なんでこんな嫌な雰囲気を感じるのだろう。

それから、男子寮の監督、女子寮の監督を引き合わせたかと思ったら、学院長は父のほうに改めて目を向けた。

「では、お子様は大切にお預かりいたします」

「よろしくお願いしますね」

「それとミリエラ嬢、あなたにお願いがあります。精霊の力は、ここでは借りないようにしてください」

学院長に言われ、ミリエラはうなずいた。ミリエラだけの特殊能力だ。他の生徒と差がつくのはきっとよくない。

女子寮の監督が声をかけてきた。

「ここは学校ですので、ミリエラさん、とお呼びしますね。それと、ユカさん――でしたね。女子寮に案内します。午後から講義に参加しましょう」

「はい、先生」

ここでディートハルトとカークとはお別れだ。

男子寮の監督についていくディートハルトとカークに手を振り、改めて父のほうにも手を振る。

「行ってきます」

「行っておいで」

ユカ先生がミリエラのトランクを持ってくれた。監督のあとについて、どんどん奥に進んでいく。

学院の建物は窓が大きく、廊下が広く、明るい雰囲気であった。

「ユカ先生も、ここに通ったんですか？」

「ええ。両親が亡くなって没落するまでですが。当時とまったく変わらなくて、懐かしいですね」

校舎を通り抜けた先にあるのが女子寮だ。男子寮とは校舎を挟んで反対側に位置しているそうだ。

「寮には今、どのくらいの人数がいるんですか？」

「貴族のお嬢様と従者、合わせて四十人ほどですね」

基本的には、令嬢ひとりにつき、従者はひとり。だが、姉妹や兄弟で入寮している場合、ひとりの従者がふたりの世話をすることもあるそうで、必ずしも一対一ではないのだとか。

「そんなに暮らしているんですか？」

「王都に屋敷をお持ちでも、あえて寮に入っている生徒もいますからね。さて、ミリエラさんのお部屋はここです」

ミリエラに与えられたのは、二階の端の部屋であった。

貴族の部屋としてはいくぶん狭く感じられるが、日当たりは悪くない。室内には、ベッドが二台、それに学習机が二台。部屋の中央には、テーブルと、向かい合うように置かれている二脚の椅子。

（……まあ、どうせ寝に帰るだけになるだろうし）

部屋が狭いのは別に気にしていない。

なにしろ、前世はウサギ小屋で暮らしているといわれていた日本人である。前世のミリエラは裕福なほうでもなかったから、暮らしていたアパートの部屋はもっと狭かった。

「生徒は皆、このような部屋を使います。どんな貴族のご令嬢でもそれは変わりません。昼食の時間までは自由に過ごしてください。昼食は、校舎の食堂でとることになっています」

「はい、先生」

普通より狭そうな気もするがまあいいだろう。今回は体験入学だ。

時間割を渡されたので、昼食の時間を確認する。あと一時間ぐらいあるから、荷物を片付けるには十分だ。

トランクを広げ、ユカ先生と手分けして、まずはミリエラの荷物を片付ける。服はクローゼットに吊るし、下着類や小物はクローゼットの中の引き出しに。

ブラシは鏡の前に置き、洗面用具は洗面台に置いた。

「ねえ、ユカ先生。先生の荷物は?」

「私の荷物は、ミリエラ様が授業を受けている間に片付けておきますので」

まずはミリエラの荷物だけということらしい。

鏡の前で身支度を確認しながら、ミリエラはぼやいた。

「ミリィ、ここでやっていけるかな……?」

なにがないって、ここには錬金釜がない。屋敷にいる時は、毎日のように錬金釜を使っているから、物足りなくなりそうだ。

それに、友達ができるかどうかも大きな疑問である。先日会ったスティラみたいな人ばかりだったらどうしよう。精霊達にも会えないし。

「ミリエラ様なら、問題ありませんとも」

「そうかなぁ……」

と、ため息をひとつ。錬金釜がなくても、マナ操作の練習だけはしておこう。錬金釜を使う時、マナの操作は必要になるものだから。

体験入学をする三人が紹介されたのは、昼食のタイミングであった。

（……嘘でしょ！）

一番離れた席から、鋭い視線をビシバシと感じると思ったら、こちらを睨んでいたのはスティラであった。なんで、彼女がここにいるんだ。

とはいえ、まずは挨拶だ。

最初にディートハルト、次にカークと挨拶をする。ディートハルトが挨拶をした時ざわつくのは想定内だったけれど、カークの時もざわざわしたのはちょっと面白かった。

「ミリエラ・グローヴァーです。体験入学に来ました。どうぞ、よろしくお願いします」

ぺこり、と頭を下げたら、あちこちから驚いたような声があがる。ミリエラが体験入学するとは思っていなかったのだろう。

食事を終えたら、そのまま授業に向かう。

目についた空席に座り、教科書とノートを取り出す。今回の人生、こういう形で授業を受けることはないと思っていたから、新鮮だ。

カークとディートハルトが前のほうに座っているのを見て、あっちに座ればよかったかな、と後悔していたら、声をかけてきた子がいた。

「ここ、いいですか？」

「どうぞ」

「私、ヴィヴィアナ・モリスン。ヴィヴィって呼んで」

別に断る理由もないので、笑顔で彼女を受け入れたら、相手もにっこりとしてくれた。

ヴィヴィアナは、ミリエラより少し年上に見える。八歳過ぎて入るのが普通だそうだから、ここにいる人の中にミリエラより年下がいる可能性は低い。

「私、ミリエラ。どうぞよろしく」

「ミリエラって呼んでいい？」

「もちろん！」

ヴィヴィアナは、嬉しそうに目を細めた。

明るい茶色の髪を、頭の高い位置でふたつに分けて結っている。緑色の瞳はキラキラとしていて、特に整った顔立ちというほどでもないのだけれど、笑顔はものすごく可愛い。

「ミリエラは、どうしてここに来たの？　まだ、七歳でしょう？」

「まだ六歳。来年、七歳になるの。カーク——うちの見習い騎士が殿下の従者になって。彼が殿下の体験入学についていくから、よかったら一緒に行ったらどうかって王妃様が声をかけてくださって」

「ああ、ディートハルト殿下とお友達ですものね」

裏事情はある程度ぼやかしたミリエラの説明で、ヴィヴィアナは納得してくれたようだった。

別に後ろめたいことがあるとか、そういうわけではないのだけれど、詳しいところは語らない。

「寮の部屋はどう？」

「ちょっと狭い」

「あはは、姉も同じこと言ってた。うちは、三人部屋だから、広めなんだけどね」

ヴィヴィアナの姉は三歳上。姉の侍女にヴィヴィアナも一緒に面倒を見てもらう形になっているそうだ。

「あ、スティラ嬢だ」

ミリエラとヴィヴィアナの座っている席の横を通り過ぎていくのはスティラ嬢だ。長い彼女の髪が、歩みに連れてゆらゆらと揺れている。

「ミリエラ、スティラ嬢と騒ぎになったんだって？」

「ミリィが起こしたわけじゃないよ」

少なくとも、茶会でのあれはミリエラには責任がないと主張してもいいと思う。

「知ってる。私も参加してたもん」

ここの寮で暮らしている生徒達は高位貴族の子女が多い。王宮での茶会などに参加する場合は、授業は免除になるそうだ。

(勉学に励むのもそうだけど、交友関係を広めるほうに重きを置いていそうな雰囲気よね)

通いの生徒も含めれば、男女合わせて百五十人ほどの生徒がここで学んでいるらしい。

たしかに、家を継ぐことができるのは、ひとりだけ。家を継げない者はここで伝手を作って、他の家に嫁に行ったり婿入りしたりして、自分の人生を切り開くのもありだろう。

仕官したい場合にも、ここでの伝手は大きくものを言うそうだ。あえて参加しないのは病弱な者と、伝手なぞいらんという剛毅な家、それとグローヴァー家くらいのものらしい。

(……なるほどね)

貴族社会で生き抜くための術《すべ》を、ここで身に着けるということか。やはり、ミリエラには必要のなさそうな学校だ。

とはいえ、同年代の女の子達——大半はミリエラより年上だけれど——と共同生活を送るなんて経験はめったにできない。ここにいる間は、できる限り楽しもうと決めた。

＊　＊　＊

ディートハルトとカークは同じ部屋である。

王子であるので、念のため護衛の騎士が隣の部屋に三人詰めることになった。三交代でディートハルトの警護をしてくれるらしい。

「本当に、俺も来ちゃってよかったのか？」

「僕が心細かったから、カークが来てくれると嬉しいんだ」

「なら、いいけどさ。ギルヴィルと一緒じゃなくてよかったのか？」

「うん、カークと一緒がよかったんだ」

無邪気な笑みを向けてくる友人に複雑な気持ちを抱いているのを知られないように、ディートハルトは笑みを作った。

カークのことは、嫌いじゃない、というより大好きだ。最高の友人だと思っているし、一生の親友になってくれたら嬉しいとも思っている。

でも、その想いとは裏腹に、カークを見ているとチクリと胸がうずくこともある。ミリエラに一番近い存在は彼だから。

（そういう意味では、侯爵のほうがミリィとの距離は近いんだろうけれど）

と、自分で荷物をクローゼットに片付けながら考える。本来は従者の仕事なのだが、カークが従者なのは建前だけ。自分のことは自分でするると決めている。

グローヴァー侯爵のミリエラに向ける複雑な思いを、ディートハルトは敏感に感じ取っていた。たぶんそれは、彼自身、他人の気持ちに敏感でなければ王宮で暮らせない境遇だったからだろう。

ライナスが無邪気に懐いてくれて、王妃との距離も少し近くなって。父に甘えることができるようになった今でも、他の人の感情を気にしてしまう。

（カークのことは好きなんだけど）

カークとミリエラは一緒に暮らしている。ディートハルトが侯爵家を訪れるのは三日に一度程度。頑張っても、二日に一度だ。

彼が屋敷を訪問した時には、カークとミリエラがぴったりとくっついて、一冊の本を眺めていることもある。

どうしたって、その間に割って入ることができないのが悔しい――こんな感情を抱くのは間違っているのに。

（ミリィにも侯爵にも、大きな恩があるのにな）

靴下を引き出しの中におさめながら、ため息をひとつ。

恩人だと思っていたはずなのに、ミリエラのことが気になる。つい、目で追いかけてしまう。

もし、グローヴァー侯爵やミリエラと出会っていなかったら、きっと、今でもマナなしとしての生活を送っていたに違いない。なのに、こんな感情を持つのはまちがっている。

「なに、難しい顔してるんだよ？　じゃなかった、してるんですか、だ。難しいな、丁寧な言葉って」

「ここには僕しかいないから、構わないのに」

「そういうわけにはいかないんだ。侯爵様の顔にもディーの顔にも泥を投げることになってしまうから」

「たぶんそれ、泥を塗るだと思う」

カークの言い間違いがおかしくて、くすくすと笑ってしまう。カークは顔を赤くした。

「ま、まあいいだろ、そんなこと。それよりも、だ――そろそろ昼食の時間――ですよね？」

「うん、行こうか」

ちらりと見れば、カークは引き出しの中身をきちんと片付けている。こういうところは、きっちりとしつけられている。

世話役のギルヴィルがいなくても安心してしまうのは、カークが横にいてくれるから。

以前彼と魔物退治に行った時も、恐怖なんてまったく感じなかった。カークがいれば、無敵になれるような気がするのだ。

「ディートハルト殿下は、どうして体験入学をしようと思ったのですか？」

赤い絨毯《じゅうたん》の敷かれた廊下を歩きながら、カークが問いかけてくる。いつもよりゆっくり話すのは、頭の中で組み立ててから言葉を発しているのかもしれない。

「僕も、もう少し広い視野を持ってもいいのかなと思って。それには、ここに参加するのが一番早かったんだよね。今の僕は、国から出られないし」

もし、もう少し大人だったなら他の国に学びに行くこともできたがまだ無理だ。

王宮に余計な後継者争いを持ち込みたくないというのも本当のことだったけれど、自分の身を守る術を身に着けるためには、他の貴族達の考え方を知ったほうがいい。

そう言って、体験入学を勧めてくれたのは王妃だ。

(義母上《ははうえ》が、そこまで考えてくださっているとは思っていなかった)

いつの間にか、王妃様から義母上と呼べるようになった。ディートハルトの大切な弟を産んでくれた人。

もしかしたら、遠い未来、彼女とは対立する立場になってしまうのかもしれないけれど、そうならないですむ道を今から探していきたい。

「……広い視野、ですか」

「うん、僕は王位継承権を放棄すればそれでいいと思っていたんだ。でも、なかなかそれが許される状況でもないみたいで」

マナを扱うことができるようになった直後、ディートハルトは王位継承権を放棄すると父や王妃に告げた。錬金術師として生きていくから、いらない、と。

でも、それは国の根幹を揺るがすことになってしまうらしく、ディートハルトの一存では決められない。自分の考えの浅さを痛感させられることにもなった。

「僕は、僕のできることを探さないといけないからね。その時には、カークが一緒にいてくれたら嬉しい」

「ミリィ——じゃなかった、ミリエラ様もだろ——ミリエラ様もでしょう?」

「うん。ミリィ……じゃなかった。ミリエラ嬢も一緒にいてくれたら嬉しいな。彼女の錬金術は、きっともっとすごいものになるから」

カークは気づいているだろうか。

カークが羨ましいのと同時に、カークがいてくれたらディートハルトもこんなにも心強く感じるということを。

ディートハルトの内面を知っているのかいないのか、カークはどんと胸を叩く。

「任せておけよ！　じゃなかった、任せてください、殿下」

心強いのはたしかだけれど、カークが従者らしい態度を身に着けるのは、もう少し先のことになりそうである。

＊＊＊

一日目は何事もなく終わった。

「ディートハルト殿下、おはようございます。カークも、おはようございます」

「おはよう、ミリエラ嬢」

次の日、教室に入ったらもうカークとディートハルトのふたりは並んで座っていた。

互いに手伝って朝の支度をしたそうだ。ミリエラはユカ先生に手伝ってもらったけれど、体験入学が終わったら、侍女をつけることを考えてもいいかもしれない。

「おはようございます、ミリエラ様――って、なんで笑うのこらえてる顔になってるんだよ……なってるんですか」

「だって、カークがちゃんと従者だから。笑ってごめんね。でも、見慣れなくて、つい」

カークがディートハルトの従者として隣にいるのを見ていると、なんとなく不思議な気がしてならない。ミリエラに対して、ディートハルトの従者としての姿勢を貫こうとしているところも不思議だ。

カークは舌打ちしそうになったけれど、すんでのところでそれを呑みこんだ。

「ちゃんとやってるカークは素敵」

「あ、ありがとうございます……」

耳が赤くなっているから、照れているみたいだ。可愛い、と言ったらきっと怒られてしまうだろうから言えない。

ヴィヴィアナはどうしたのかなと思っていたら、少し離れたところに座っている。彼女の隣に座らせてもらおう。

(ここでは、友達を作るのが大事だもんね)

ディートハルトやカークとはいつでも話すことができる。ヴィヴィアナの隣に移動した。

「ミリエラって、本当に殿下と仲良しなのね」

「そうよ？　殿下はグローヴァー領で暮らしているから。カークは私の乳兄弟なの」

「ああ、それで……」

今の会話でなんとなく察してくれたらしい。話の通じる相手はありがたい。

「……殿下と親しいからって、いい気にならないことね」

ふっと脇を通り過ぎていったのは、スティラである。ディートハルトには聞こえないように、素早く吐き捨てるあたり、こういうことに慣れている気がする。

（……やっぱり、この子とは仲良くなれない気がする）

たまたまディーネがいてくれたからドレスは綺麗になったけれど、普通ならあのドレスは使い物にならなくなっていた。

公爵家からは一応の謝罪はあったけれど、「子供のしたことだから」でなぁなぁにしようとする姿勢が透けて見えていた。

スティラには近づかないと決めたのだからそっとしておいてほしい。

（学院には入らないほうが無難かもしれないなぁ……）

父や王家の人達の思惑もわかるけれど、毎日こんな風に絡まれるのであれば、ここでの生活はミリエラにとってはストレスにしかならなそうだ。

昼食が終わると、午後の講義である。貴族の子女が集まる学校なので、ダンスや乗馬といった貴族らしい身体を動かす授業もある。

冬なのだが、さすが王族貴族の通う学院。馬場は、冬でも快適に乗馬ができるよう、魔道具によって整備されているらしい。

（乗馬はあまり得意じゃないんだよねぇ……）

動物の背中に乗るといえばエリアスに乗せてもらうことが多い。だが、彼の形態は猫だし、そもそも精霊であって動物でもないし。

「ひぃぃぃい、たかぁい……！」

父と一緒ならぜんぜん高いと思わなかったし、むしろ気持ちいいぐらいだったのに、ひとりになるとどうしてこう地面が遠く感じられるのだろう。上半身を伏せ、鞍《くら》にべったりとしがみついていたら、くすくすと笑う声がした。

「まあ、ミリエラ嬢。馬に乗ることができないなんて、貴族としての嗜《たしな》みができていないのではありませんか？」

ひとりで堂々と馬にまたがっているのはスティラである。

ここでの授業で学ぶのは横乗りではなく、まっすぐにまたがって座る乗馬方法らしい。

「スティラ嬢、今の言い方はちょっときついんじゃないかな。ミリエラ嬢は、まだ、入学する年齢じゃないんだし」

「入学する年齢ではない幼子がここにいるのがそもそも問題ではありませんか？」

ディートハルトが割って入るが、スティラの苛立《いらだ》ちに火をつけてしまっただけらしい。ミリエラに向けるスティラの目が、ますます厳しさを増す。

えい、とミリエラは上半身を無理やり起こした。

「やっぱりたかーい」

「無理はなさらないほうがよろしくてよ。乗れそうもないなら、見学もできるのですから」

「参加します。せっかくの体験入学だもの」

体験入学だけで嫌になるかもしれないけれど、と心の中でつぶやく。

先生がやってきて、乗馬の授業が始まった。とはいえ、ミリエラは今日が初めてで、ひとりだけ別コースである。

馬場の中を歩いている皆のほうに目をやる。ミリエラ以外全員、ひとりで乗れるらしい。

（カークも上手に乗れるんだ……）

馬に乗れるのは知っていた。けれど、あんなに上手だとは知らなかった。同じ屋敷で暮らしているのに、意外と知らないこともあるものである。

隣のディートハルトも問題なさそう。ミリエラにちくちく言いに来たスティラも、上手なほうだと思う。ヴィヴィアナは、こちらに手を振る余裕があるらしい。上手で羨ましい。

「すぐに、皆と同じぐらい乗れるようになりますよ。私が手綱を持ちますから、安心してください」

「はい、先生」

ミリエラはひとりだけ先生についてもらい、馬場の中を歩き回るところからスタートだ。

上手な人達は、別の馬場まで馬に乗って移動し、そちらで速足等の練習をするのだそうだ。

それから、もっと上手な人達は王宮との境にある森まで馬で行き、そこを馬で散策して戻ってくるのだという。

ここに通うつもりはないけれど、体験入学の間に馬に乗れるようになるといいなと思った。


学校の講義が終われば、夕食の時間までは自由に過ごすことができる。ミリエラが選んだのは、ディートハルトとカークとのお喋りである。

女子寮、男子寮は互いに出入り禁止である。その代わり、校舎のある棟の食堂がティールームとして開放されていて、そこでお喋りをしながらお茶を楽しむことができるようになっていた。

放課後は連れ立って散歩に行く子達もいるし、ティールームでカードゲームやボードゲームをすることに決めた子達もいる。

一部の生徒は、学院の図書館に行って、そちらで勉強するようだ。空き教室も使ってかまわない。

（こうしてみると、前世の学校とあまり違いがないかもしれないな）

ミリエラは、周囲の様子を観察してみる。男子だけの輪、女子だけの輪、両方混ざり合っている輪といろいろだ。ヴィヴィアナは、部屋に戻って姉から刺繍《ししゅう》を教わるそうで、授業が終わると同時に部屋に戻っていった。

「ミリィ、スティラ嬢は苦手……」

人の悪口はよくないな、と思いながらミリエラはこぼした。「だよな」とカークは賛成し、ディートハルトは困ったように笑う。

「悪い人じゃないんだよ。僕が王宮で暮らしていた頃、彼女は僕にも優しくしてくれたから」

「……そうなの？」

ちょっと信じられない気もするけれど、ミリエラにホットチョコレートをかけてしまった時のスティラは謝ってはくれた。曲がったことは嫌いなのかもしれない。

「話題を変えようか。箱を浮かせるためにはどうしたらいいのか考えようよ」

スティラのことはちょっと愚痴をこぼしたくなっただけ。この空気を引きずりたくないし、ミリエラも話題を変えた。

馬車の乗車部になる箱を浮かせるとなると、まだまだ工夫が必要だ。もう少しお茶を飲んだら、図書館に移動しようかという話になる。

「殿下、私も混ぜていただいてよろしいですか？」

三人で話しているところに、すっと入ってきたのはスティラである。ディートハルトは笑顔を向けたけれど、カークは一瞬だけ眉間に皺を寄せた。

「スティラ嬢、こんにちは。乗馬が上手なので、びっくりしたよ」

「ありがとうございます、殿下」

ディートハルトが誉めるということは彼女の乗馬の腕は、かなりすごいものだったらしい。にこりとしたディートハルトに、スティラの耳が赤くなる。

（あー……なるほど……）

鈍いと言われてしまいそうだけれど、ようやくここで理解した。スティラは、ディートハルトのことが好きなのだ。

ディートハルト本人は、王位継承権を放棄してグローヴァー領で暮らすと言っているのを知っている人は知っている。きっとスティラも噂くらいは聞いているだろうから、王族とか王位とかそういうものは関係なさそうな気がする。

（そっか……好きなのか……それじゃ、あの対応もわからなくないな……）

ミリエラにやけにツンツンしているのも、いきなり話の輪に入り込んできたのも、ディートハルトに好意を寄せているからだと思えばわからなくもない。以前から、ディートハルトに優しかったというのも。

想い人の側にいるミリエラは、彼女からしてみたら、完璧に邪魔者でしかないだろうから。

幼い恋心からのものだとすれば、生温かく見守ることができそうだ。生温かく見守るだけ、友達にはなれそうもないけれど。

「ミリィ、そろそろ行くね。ユカ先生と、図書館で待ち合わせしているの」

「あら、ミリエラ嬢。ご自分のことを愛称で呼んではいけませんわ」

「……気を付けます」

うっかり、スティラの前で弱みを見せてしまった。

ちょっと面白くないな、と思いながら立ち上がる。どうせもうお茶は空っぽだったし、ユカ先生と魔道具の話でもしよう。

「ああ、それなら僕も一緒にいいかな。ユカ先生に聞きたいことがあったんだ」

「殿下が行くなら、僕も行きます」

ミリエラに続いてディートハルトが立ち上がる。そうなったら、もちろんカークも一緒だ。

「でしたら、私も――」

とスティラが続きかけたのを、ディートハルトは笑顔で制した。

「ごめんね、スティラ嬢。グローヴァー侯爵領で行っている事業の話だから、今回は遠慮してもらえるかな」

「そ、そういうことでしたら……」

王子様スマイルと「遠慮してもらえるかな」の一言の破壊力がすごい。

ぽーっと顔に血を上らせたスティラは、淑女のマナーで見送るのも忘れたようだった。頬に手を当て、椅子に座り込んだまま。

（私には、貴族の嗜みがどうこう言ってたくせに……）

言葉に出さないだけ、ミリエラも親切だ。

庭に出たところで、ディートハルトは深くため息をついた。

「こういうのって慣れないね」

「……スティラ嬢が苦手？」

「彼女は以前から知ってるけど……ここに来てから、よく知らない人に話しかけられることが増えたから」

ディートハルトは心が広い。ミリエラなんて、スティラ嬢はとっとと苦手に分類してしまった。

幼い恋心の暴走は生温かく見守るにしても、いちいちつっかかってこられるのは困る。

（だいたい、まだ、十歳にもなってないのに、恋愛沙汰って早すぎじゃない……？）

ミリエラは結婚しなくてもいいと思っているし、父も無理やり結婚させようとはしないだろうけれど、貴族の結婚は早いと聞く。スティラがディートハルトのことを意識しているのは、早く大人にならなければいけない世界だからかもしれない。

「ディーは、あっちこっちで呼び止められるからなぁ……それに、俺にまで声をかけてくるやつもいるし」

うっかりいつもの調子に戻ったカークも、ディートハルトを真似てため息をつく。

「カークも？」

「俺を抱き込めば、侯爵様にも、ミリィにも、殿下にも近づけると思ってるんだろ」

「あー……」

ミリエラも、ふたりに続いて遠い目になってしまった。

グローヴァー侯爵家は、この国でも一番の錬金術師の家系。それまでも魔道具の一大産地であり、ある意味王都よりも優れた品が集まる場所であったけれど、ミリエラが錬金術に目覚めてからは、さらに新たな発明品がいくつも生まれることになった。

父の錬金術を用い、グローヴァー領に集まる腕のいい魔道具師達の手によって作られた魔道具はどれも高品質。裕福なものならば、ぜひとも手に入れたいと願う者も多いらしい。

グローヴァー領に集まる錬金術師達も腕はたしかだし、父が間に入って魔道具師との連携もうまくいっている。

品質的には父の作るものと比べても遜色ないものも多数あるのだが、「侯爵の手による品」という付加価値が貴族社会では重要視されるらしい。

「そのうち、ミリィも侯爵みたいに引っ張りだこになるかもね」

「あー……そうね……」

ミリエラの名は、すでに広く知れ渡ってしまっている。精霊に愛される者であると知っている者も最近では増えてきた。

まだ修業中の身だし、父がいなければなにも作ることができないのだけれど、大人になったらわからない。今のうちに囲ってしまおうということか。

「面倒……！」

ミリエラは呻《うめ》いた。

（あまりいい雰囲気じゃないしな、ここ……）

やっぱり、通うのはやめておこうか。ディートハルトがカークを求めるのなら、カークにはこのままディートハルトの従者を務めてもらってもいいわけだし。

（……まあ、ゆっくり考えたらいいわよね）

いつまでも子供ではいられないのはわかっているけれど、時間のあるうちにじっくりと考えておこう。

＊　＊　＊

「ねえ、そこの従者」

呼びかけられて、カークは足を止めた。いや、今のはカークを呼んだわけではないだろう。

「ちょっと、なに歩き始めているのよ。私が呼んだの聞こえなかったの？」

面倒だな、と思いながら振り返れば、そこに立っていたのはスティラであった。

（うげー）

と、内心で声をあげたつもりが、露骨に顔に出ていたらしい。

「ちょっとあなたどういうつもり？　私に呼び止められて、そんな顔をするなんて失礼だと思わないの？」

ぴしりとこちらに指を突き付けてくる。これは、ものすごく面倒なタイプだ！　カークは顔から表情を消して、深々と頭を下げた。

「失礼いたしました、お嬢様。殿下のところに急いで戻らなければなりませんので」

全然失礼だと思っていないし、ディートハルトはカークを呼び戻してなどいない。けれど、スティラの前から立ち去るには、これが一番手っ取り早いと思ったのだ。

「……殿下がお呼びならしかたないけれど――あなた、私に協力しなさい」

「は？」

今度は失礼な声が口から漏れた。慌てて口に手を当てるけれど、出てしまったのだからもう遅い。スティラはきっと眉を吊り上げた。

「私に、協力しなさいって言ってるの！」

「協力って、なにを？　俺、面倒なのは嫌なんだけど」

従者たるもの、きちんとした振る舞いを心がけねばならないと、ディートハルトの側仕えに突貫工事で学んできたが、やはりまだカークも子供である。うっかり地が出た。

いや、王妃や、ミリエラの祖母を相手にしている時は出ない。カークの中で、スティラは、そこまで礼儀正しく振る舞わなければいけない相手でもないと分類されただけのこと。

「殿下と私がふたりきりでお話をできる機会を作りなさい」

「……なんで？」

「あら、これ、欲しくない？　機会を作ってくれたら、これをあげるわ」

スティラがスカートのポケットから取り出したのは金貨である。珍しくもない。

（……普通の子なら欲しがるのかな）

しかし、この年で買収なんて手段を思いつくあたり、末恐ろしい相手である。

「あ、俺そういうのたくさん持ってるのでいりません」

「金貨よ、金貨！　欲しくないの？」

「殿下から十分お給料はいただいてますし、魔物退治にも行くので」

これはちょっとした自慢なのだが、カークはそこそこ稼いでいる。

ディートハルトの従者となり、給料が支払われることになった。これは、誰が従者になったとしても同じなので、特別扱いなわけではない。

さらに魔物退治に参加すればお小遣いがもらえるし、魔石にマナを込める仕事もしている。

目の前の貴族令嬢が考えているよりずっと裕福なのだ。

だいたいお金の問題ではなくて、ディートハルトのこともミリエラのことも裏切るつもりはない。

「……そう」

ふぅんと言ったスティラは、踵《きびす》を返して歩き始めようとした。だが、くるりと振り返ったかと思ったら、カークに再び指を突き付ける。

「私は、諦めませんからね！　殿下のお心を掴むんだから！」

勢いよくまた向きを変え、そのままずんずんと行ってしまった。

「なんなんだろうな、あの人」

取り残されたカークはぼーっと彼女を見送った。

彼女がミリエラに対して好戦的だった理由もわかる気がした。ディートハルトに好意があるのなら、たしかにミリエラは邪魔だろう。

——けれど。

（ディーもミリィのことが好きなんだよなぁ……）

カークには愛とか恋とかそういう感情はまだよくわからない。

ミリエラを見たら可愛いな、と思うが、生まれたばかりのニーナを見て、ニーナに対する感情とあまり変わらないなというのに気づいてしまった。

ミリエラは、生まれた時からずっとカークにとって守らなければならない存在だったから、こうやって、ミリエラの側を離れて初めて、少し寂しいと思っている。

カークの夢は、ミリエラの騎士になること。きっとそれは一生変わらない――だから。

「よし、行くか」

スティラには注意をするよう、一応ディートハルトには言っておこう。同じような頼みはもう何度もされているけれど、スティラはなんとなく用心したほうがいい気がする。

（それに、公爵家って言ってたもんなー）

トレイシー公爵家と言えば、この国の貴族の中では最高峰の地位である。そんな家の娘がミリエラに目を付けたというのなら、厄介なことに繋がりかねない気もする。

（ユカ先生にお願いして、侯爵様と連絡を取ってもらったほうがいいかも。陛下にも必要だな――そこは侯爵様にお任せしておけばいいな。あとはなんだろ）

大切なミリエラやディートハルトを守るために、カークにできることはなんだろう。

答えなんて決まっている。自分ひとりで下手に動かないことだ。こういう時は、自分より知恵のある人に頼るのがいいのだ。カークはそれをちゃんとわかっていた。

第六章　望んでなかったけど、深夜の大冒険

学院での生活は、前世で学校に行った記憶のあるミリエラにとっては懐かしいものだった。

それに、こちらの世界で知らなかったあれこれを知るのは楽しい。

「ミリエラって私より年下でしょう？　よく授業についてこられるわよね」

体験入学が始まって一週間が過ぎた頃、教科書を片付けながらヴィヴィアナが言った。

ミリエラ達は、体験入学用に用意されている教科書を借りているが、他の生徒達は自分の教科書を持ち運んでいる。どれも分厚くて、けっこう重い。

「んー、屋敷にはいっぱい本があったし。ミリィ――じゃなかった、私、本を読むのが好きなの。それに立派な錬金術になるにはいろいろ知らないといけないしね」

錬金術を学ぶためには、幅広い知識が必要だ。人間や動物、魔物などの身体の作り、生態、魔石にはどのような効果を付与するのが効率がいいのか、等に加えて魔術の知識。

それだけではなく、植物や鉱物、過去の偉人の逸話なども知らねばならない。歴史の中に、思わぬヒントがあるかもしれないからだ。

「最初は補助の先生がつくはずだったのに、それも必要ないんだものね。殿下の従者の方もミリエラの家の子なんでしょう？」

「うん。一緒にお勉強したよ」

体験入学の三人には、補助の先生がつくことになっていたのだが、王族としての教育を受けてきたディートハルト、勉強が苦にならないミリエラはともかくとして、カークもちゃんとついてくることができている。

どうやら、ディートハルトやミリエラと一緒に過ごしていたことで、彼もいつの間にか学んでいたらしい。

「殿下が囲まれるの、わかる気がするわ」

「あー……」

ヴィヴィアナの視線の先では、ディートハルトが女子生徒に囲まれていた。今年通い始めた八歳の女の子から、十二、三歳、ディートハルトより少し年上と思われる女の子まで。

「あれ、疲れてるね」

女の子達が、ディートハルトを囲むのはわかる。ここにいるのは、貴族の子女ばかり。となれば、家のためにディートハルトに取り入っておこうというのだろう。

噂はあっても、まだ、ディートハルトは王位継承権を放棄したわけではないから。

笑顔でかわしているけれど、ディートハルトにちょっぴり疲れが見えてきているような。

カークはカークで男の子達に囲まれている。彼らは、騎士を志望しているらしい。

「だからー、俺は行かないって言ってるだろ？　俺は、グローヴァー侯爵家の騎士になるの！

「父上と一緒！」

カークの声が響いて、ミリエラは目を向ける。ざわざわしていた教室内はしんと静まり返った。どうやら強引な勧誘らしい。

カークも、あちこちから引き抜きの声がかかっているのは知っている。けれど、ここまで大声を出すようなしつこい勧誘は今までなかったと思う。

「なんだと？　従者の分際で！」

相手はカークの言葉に激高したらしく、襟元を掴み、締め上げている。

貴族なのに、そんな乱暴な手に出てしまっていいものか。

「やめて！」

立ち上がったミリエラは、カークのほうに行こうとした。誰を呼ぼう。ディーネを呼んで、水をかけてもらうのが一番早いだろうか。学院では精霊の力を使うなと言われていたことも、完全に頭から消えていた。

でも、ミリエラより先に、ディートハルトが動いた。

「その手を、離してもらえるかな？　彼は僕の友人なんだ。強引な引き抜きは困るよ」

側に行って話しかけるディートハルトの声は穏やかなもの。それなのに、激高していた相手を、瞬時に大人しくさせる力があった。

「ね？　ヘーネス侯爵子息。僕からのお願いだ。ここは引いてもらえないかな？」

静かな声なのに、ディートハルトの声は教室中に響く。

（……これが、王族の貫禄……！）

最初に領地で顔を合わせた時は、ろくに口を開こうともしない彼が心配だった。けれど、領地で二年近く過ごしてきた彼は以前とは大きく変わっていた。相手を穏やかに諭す様は、ディートハルトを実年齢よりはるかに大人に見せていた。

「し、失礼いたしました……」

カークを締め上げていたヘーネス侯爵子息とやらは、ディートハルトを見て、手を引くことにした様子だった。

手を離されたカークは、けほけほとせき込んでいる。それでも、ディートハルトに片手を上げた。

「悪いな、殿下」

「君が殴られるのを黙って見ているわけにはいかなかったからね」

分が悪いと見て取った相手は、ディートハルトとカークが話している間にひっそりと教室から抜け出していた。そんなことをするくらいなら、最初からつっかからなければいいのに。

（子供だから難しいんだろうけれど、子供にそんなことさせるなんて、貴族怖い……！）

他の貴族達が、こんなにもギラギラしているものだと思っていなかった。

（帰ろう、お屋敷に帰ろう……！）

ミリエラは、子供らしからぬ盛大なため息をついた。

屋敷に帰って、父に会いたい。抱きしめてぎゅーっとしてもらって、額にキスしてもらいたい。

まさか、自分がこんなに父親に依存しているとは思ってもいなかった。

（でもきっと、パパも寂しがっていると思うのよ）

すぐに戻ってくるのだからと、父は我慢して王都の屋敷で過ごしているらしい。祖父母も侯爵家に滞在しているから、退屈はしていないだろうけれど。

それにしても、この国の貴族は大変だ。子供時代を無理に押し込めているような気がしてならない――ミリエラもそのひとりのわけではあるが。

「ミリエラ、私達も図書館に行かない？　私、この本を返したいの」

ヴィヴィアナの鞄《かばん》から出てきたのは、図書館で借りられる本である。綺麗な色の挿絵がたくさん入っている子供向けの読み物だ。

学院の図書館には、こういった読み物もたくさん置かれている。

「行く行く。図書館で宿題しちゃおうかな」

「私は、あと部屋で読む本も借りたいな」

ヴィヴィアナと向かった図書館は、話をしていいスペースと、静かにしていなければならないスペースに分かれている。ミリエラは、話をしていいスペースに勉強道具を広げた。ここで宿題を片付けてしまう。

算数は簡単だけれど、文法はちょっと難しい。知識にもばらつきがあるな、と自分にできること、できないことを分けながらノートにペンを走らせる。

(ヴィヴィ、戻ってこないな……)

新しい本を借りると言って、書庫に入ったヴィヴィアナは戻ってこない。もしかしたら、本棚の間に座り込んで、夢中になって読んでしまっているのかも。それならそれでまあいいか。宿題は寝る前にやればいいだろうし。

「ミリエラ嬢、ちょっといいかな?」

次の宿題に取り掛かろうとしていたところで、話しかけてきたのは年上の少年である。たぶん、十五、六だろうか。

ミリエラは身構えた。こういう相手には用心したほうがいい。父に紹介しろとか無理難題を吹っ掛けてくるのだから。

「ご用件をお話しください」

わずかに口角を上げ、淑女の微笑みを浮かべる。こういう相手は、社交辞令で追い払ってしまうのがいい。

「体験入学は、もう終わりですよね?」

「そうですね。もうすぐ帰ります」

それを聞いて、相手は残念そうな顔になった。ミリエラとしては、とっとと帰りたいところである。ヴィヴィアナの他何人かの友達もできたけれど、気を使うほうがはるかに大きかった。

面倒なことになるのだろうなと思いながら相手の言葉を待っていたら、とんでもないことを言いだした。

「ミリエラ・グローヴァー嬢。あなたに、結婚を申し込むことをお許しください」

「――は？」

いや、おかしいだろう。交際の申し込みを通り越して、結婚の申し込みが来た。

今までそういう話がなかったとは言わないが、いくらなんでもおかしくはないか。

ミリエラが眉間に皺を寄せて黙り込んでしまっているのを、相手は、照れていると判断したようだった。ミリエラの手を取り、そこに唇を落としてくる。

（アウト……いや、唇が手に触れてないからぎりぎりセーフ！）

一瞬吹っ飛ばしてやろうかと思ったけれど、手を握られただけだと思って我慢しよう。アウトだったら、エリアスの力を借りて吹き飛ばしてやるところだった。

精霊王の力を見せつけないだけの分別は、これでも一応持ち合わせているのだから。

「お兄さん、変態なの？」

「は？」

率直な言葉に、今度は相手がきょとんとした顔になった。まだ、ミリエラの手を握ったままである。

「だって、ミリィ、あなたの名前知らないし。ミリィはまだ六歳だし、お兄さんは十五歳とかそんなものでしょ？　それで、結婚申し込むって変態よね？」

「い、いや、僕は、私は――」

「ミリィ、名前も知らない人に結婚を申し込まれても、受けなくていいと思うの。じゃあね」

彼の手から自分の手を引き抜き、椅子からぴょんと飛び降りる。このまま書庫に逃げ込んで、司書の先生に助けを求めよう。

今日はいったいどうなっているのだろう。体験入学が終わりに近づいているから、その前にミリエラと話をつけてしまおうということなのだろうか。スティラにはからまれるし、求婚されるし、今日は厄日だ、厄日。

「ぼ、僕は――」

「聞こえませーん！」

バタバタと走って逃げようとしたけれど、男の子との間には、足の長さの違いがある。あと、運動神経の発達の違いも。

あっという間に追いつかれてしまい、もう一度手を取られてしまった。

「僕――私は、マルクス・ベッカー、ベッカー侯爵家の――」

「やだやだ、知らないっ！」

ぱっとマルクスと名乗った少年とミリエラの間に誰かが割り込んでくる。割り込んだのは、片腕に大きな本を抱えたディートハルトだった。

「ミリエラ嬢に、なにか用？」

「で、殿下っ！」

さすがにディートハルトの目の前でミリエラの手を掴んでいるのを見られるのはまずいと思ったらしい。勢いよくミリエラの手を放した彼は、そのまま数歩後退した。

「なー、なにがあったんだ？」

ディートハルトのすぐ後ろから、カークも姿を見せる。カークも、大きな本を持っていた。ふたりとも借りて帰るつもりらしい。

ふたりが来てくれてほっとした。目の前の少年には、さっさとお帰り願おう。

「いいえ、なにも。お話だけですよ、殿下――ねえ、もう用は済みましたよね？」

ディートハルトにはにっこり笑って、マルクスには首を傾げて見せる。

「は、はい！　失礼しましたっ！」

今の謝罪は、ディートハルトに対してのものなのか、ミリエラに対してのものなのか。勢いよく向きを変えた少年は、ひゅんっと音を立てそうな勢いで逃走した。

（……子供ならいけると思ったんだろうなー）

その後ろ姿を見送ってから、心の中でつぶやく。たしかに、見た目はよかった。ミリエラが普通の女の子だったら、うっかり「うん」と言ってしまったかもしれない。

この世界での学校生活に憧れがなかったとは言わないけれど、王族貴族の集まる学院は、あまりよろしくない思惑が渦巻きすぎている。

（やっぱり、ここに来るのはなしだわ）

帰ったら、父にもそう話そう。

「僕に付き合ったせいで、巻き込んでしまってごめんね」

ディートハルトは申し訳なさそうな顔をしているけれど、たぶん、同じようなことはこれから先いくらでもやってくる。

ここで、こういった洗礼を受けておくのもきっと必要なことなのだろう。

「んー、ディーのことがなかったとしても、いつかはどこかで同じようなことが起きたと思うよ。パパの身内になりたい人はいっぱいいるからね」

「……ごめん」

「大丈夫だってば。陛下や王妃様だけじゃなくて、パパもなんだか……学院に行ったほうがいいって思ってるみたいだから。一度参加してみて、やっぱりやだなって思ったし、何事も経験でしょ?」

「……まったく、ミリィは」

肩をすくめたミリエラの言葉に、ディートハルトは明らかにほっとした顔になる。彼が表情を曇らせるところは見たくなかったから、これでいい。

「なにかあったの？」

ようやくヴィヴィアナが戻ってくる。彼女は三冊の本を抱えていて、全部借りて帰るつもりらしい。

「ううん、なんでもないよ。借りたなら、お茶を飲みに行かない？」

「僕達も一緒にいいかな？」

「も、もちろんでしゅ、殿下っ！」

緊張したらしいヴィヴィアナが、うっかり返事を噛《か》んでしまう。みるみる真っ赤になっていくのを、なんだか微笑ましく見守ってしまった。


時にちょっとした事件がありながらも、二週間の体験入学は終わりを迎えようとしていた。

（カークは、すっかり馴染んだみたいね……）

教室の前のほう、少し年上の生徒達に囲まれたカークが、楽しそうに話をしている。

ディートハルトは少し離れたところで、別の生徒と話をしている。こちらも楽しそうだから、よからぬ企みを持って近づいてきた人ではないのだろう。

なんの話をしているのだろうな、と思いながらミリエラは、隣にいるヴィヴィアナに微笑みかける。ヴィヴィアナは、カークともすっかり仲良くなった。

先日ディートハルトも一緒に四人でお茶をした時には、熱心にカークに話しかけていた。ミリエラやディートハルトとだけではなく、カークとも仲良くしてくれるのならありがたい。

「なーなー、寮の先輩達に聞いたんだけどさー、夜中に校舎の中を歩く肝試しがあるんだって。知ってた？」

授業が終わったとたん、カークはミリエラのところまでやってきた。

「肝試し？」

「それは、入学したらの話よ。カークは体験入学だから、やらないと思うわ」

ミリエラは知らなかったが、ヴィヴィアナは参加した様子だ。あまりいい思い出ではなかったようで、しかめっ面になっている。

「夜の校舎ってすっごい怖いの。泣いてしまいそうよ」

「あー……なるほど」

ミリエラは同意した。以前、夜中にカークの部屋まで行ったことがある。あの時は家の廊下だったし、魔道具のランプもついていた。けれど、暗いところを歩くのは怖くて、お守り代わりに枕を抱えていたのを思い出す。

学院の廊下なんて魔道具のランプもないし、怖いに違いない。

「えー、そうかなあ？　面白いと思うけど」

「カーク、君とヴィヴィアナ嬢を一緒にするのはどうかと思うよ」

と、ディートハルトも話に加わった。

興味はなさそうなディートハルトとは正反対に、カークはドキドキそわそわしているのが丸わかりだ。

「いいなー。夜の校舎ってドキドキするだろ？　ミリィもやってみたいよな？」

「ミリィは興味ないな」

なんでわざわざ夜中にうろうろしなければならないのだ。そんなの、少しも面白くない。

ミリエラもディートハルトも乗ってこないので、カークはますます意地になったみたいだ。

「絶対楽しいって！」

「……カーク君、怖いの好きなの？」

こわごわとヴィヴィアナがたずねる。

「おう、俺は立派な騎士になるからな！」

カークは胸を張っているが、騎士と肝試しは関係ないと思う。

誰だ、カークに肝試しなんて吹き込んだのは。カークには気の毒だけれど、怪しいことには近寄らないほうがいい。

カークはまだぶつぶつ言っている。嫌な予感がするのを抑えることができなかった。

嫌な予感がぬぐえないまま夜中になってしまった。

六歳女児に求婚するような変態もいることだし――彼も家族からの命令でミリエラに求婚してきたのだろうけれど、早く屋敷に戻りたい。

それにしてもなんで、今日は眠れないのだろう。隣のベッドを見てみれば、ユカ先生はぐっすりだ。

『ミリエラ、起きてる？』

「起きてるけど……」

不意に耳に届いたのは、風の精霊の声。いつもは閉じている精霊眼を開けば、翼の生えた白い猫達がミリエラの周囲をふわふわと漂っていた。

『あのね、カークがうろうろしてるよ』

『ディートハルトもうろうろしているよ』

「なんで？」

カークとディートハルトが夜中にうろうろしてるって――まさか！

ふたりきりで、肝試しをやろうとしているのだろうか。

それってよくないし、先生に見つかったら大変だ。というか、ディートハルトは反対派だったから、カークがなにかやらかしたのかも。

「迎えに行かなくちゃ！」

なにも考えずに、ベッドから飛び起きた。スリッパに足を突っ込み、そっと部屋の扉を開く。

ユカ先生はぐっすりで、ミリエラが出ていくのに気づいていない様子だ。

「カークとディーも、皆の声が聞こえたらいいのにねぇ」

『無理だよ』

『無理だな』

『ミリエラが特別なんだもん』

くすくす、と精霊猫達が笑う声が聞こえたような気がした。

「……ねえ、君達、ずいぶん数が少なくない？」

いつもは精霊眼を閉じているから気がつかなかった。なんだか、風の精霊の姿が、いつもより少ない気がする。

ミリエラの言葉に、精霊達は顔を見合わせた。

『あのね、ここ居心地がよくないんだ』

『マナが汚いの。ミリエラもわかるでしょ』

たしかに、ここは居心地がよくない、と思う。気持ち悪いから、早く帰れるよう、父親に頼もうと思うほどに。

（そうか、空気中のマナがよくないのか……）

それはきっと、精霊達にとっては致命的だ。

「そうだよね、普通ならあのあたりからも手を振る精霊の姿が見えるもんねぇ……」

たとえば今夜のような夜なら、月の精霊が、月の光の中でダンスをしているはず。

廊下に置かれている花台は年代物のようだから、年代物の道具に宿る精霊が見えてもおかしくない。

グローヴァー領の屋敷なんて、あちこち精霊がいすぎていて、精霊が大渋滞しているくらいだ。それに比べると、ここは本当に精霊の数が少ない。

『無理、無理。帰る』

一体の精霊が姿を消した。ここにいて、ちょっぴり具合が悪くなってしまったようだ。

「皆も、具合が悪かったら帰っていいいんだよ」

『もうちょっと一緒に行くね』

『カークは隣の建物の二階にいるよ』

『ディートハルトが追いついた』

精霊達は、ひそひそとささやいてくる。

『ごめんね、無理だ』

もう一体、ポンと姿を消した。

精霊達にとって居心地が悪い理由は先生に聞いたらわかるだろうか、と思いながら寮から校舎に続く廊下に足を進める。誰もいない廊下は、しんとしていてちょっと怖い。

（……ん？）

今まで、精霊達と話をしていたから気づいていなかった。なんだか、後ろのほうからぺたーんぺたーんと足音が聞こえてくる。

（嘘……お化け……？）

怖くて、後ろを振り返ることができない。ミリエラは足を速めた。

ミリエラが足を速めると、後ろの足音も速度を上げてくる。

（嘘でしょ嘘でしょ……！）

ミリエラは慌てて走り始めた。足音が響くのも構わない。

寮から校舎に飛び込み、二階目がけて駆け上がった。後ろの足音も負けずについてくる。

「やだあああ、来ないで……！」

半泣きで二階の廊下を駆け抜けていたら、向こう側から誰かが来る足音が聞こえた。

「うわーん、カーク！」

「なにやってるんだよ、ミリィ」

「お化けー！」

カークの胸に飛び込んだら、ぎゅっと強く抱きしめられる。それから、ひょいと引き離されたかと思ったら、別の誰かの腕に押し込まれた。

「お化けは任せろ！　ディー、ミリィは任せた！」

「任せて！」

ディートハルトの腕の中で、ミリエラはすん、と鼻を鳴らした。

ふたりを早く部屋に戻らせなければと思ってここに来たのに、なんでこんなことになってるんだろう。

「きゃー！　なにをするの！」

カークがとびかかったのは、お化けではなかったらしい。女の子の悲鳴が聞こえてくる。

「ごめんー」とカークが謝る声がして、ミリエラは顔を上げた。

「スティラ嬢……？」

ミリエラの視線の先、床にぺたんと座り込んでいるのはスティラだ。なんで、彼女がここにいるんだろう。

「ミ、ミリエラ嬢が、寮を出るのが見えたから……連れ戻さないといけないと思って」

とぎれとぎれに、スティラはそう語る。嘘くさいな、とミリエラは思った。

だって、足音は寮を出る前からぺたぺたと聞こえていた。連れ戻すのが目的なら、もっと早くに声をかけていたはず。

（もしかしたら、夜中にディーと会うとか思われていたのかなぁ……）

ある意味、彼女の推測は正しかったわけである。まさか、こんな形になるとはミリエラも思ってなかったけど。

「俺達、肝試ししてただけだぞ？」

「俺達、じゃないでしょ。僕は君を追いかけてきただけだし」

えへんとカークは胸を張り、ディートハルトは嘆息交じりにカークの肩を叩いた。カーク以外の三人は手ぶらだが、カークは魔石を使ったランプを持っている。

「ミリィは風の精霊達が、ふたりがうろうろしてるよって教えてくれたから……」

結局、カークは肝試しを諦めきれなかったらしい。たしかに、魔道具のランプを持っているとはいえ、夜中の校舎を歩くのはだいぶ怖い。

「スティラ嬢、肝試しってなにをするの？」

ディートハルトに問われて、スティラはランプの明かりしかない薄暗い中でもわかるほどに顔を赤くした。

「あ、あの、四階南の部屋まで行くんです。それで、そこに置いてあるカードを持って、今度は一階北の部屋に行って……そのカードを、用意されている箱に入れるんです」

「残念だけど、カードはないね。でも、行くだけ行ってみる？」

「ちょっと、ディー、なにを言い出すのよ」

スティラがここにいるのに、ディートハルトがとんでもないことを言いだした。もしかしたら、カークが悪いことを吹き込んだのではないだろうか。

「そうだよな、そのくらいいいよな」

「よくないでしょ！」

なんで、体験入学に来た王子が、夜中にうろうろすることになっているのだ。顔を引きつらせたミリエラに、ディートハルトは申し訳なさそうに告げる。

「ほら、ここに来てから、カーク、僕の周囲に振り回されてばかりだったから……」

「あぁ……そうね……」

ここに来てからのディートハルトは、男子生徒に囲まれ、女子生徒に囲まれと大変であった。カークが盾にはなったけれど、彼では守り切れなかった部分もたくさんある。

「だから、最後にちょっと羽目を外すのも悪くないと思って」

「それなら、ミリィも賛成するしかないじゃない」

「ですから、私と言わないといけないのですよ、ミリエラ嬢！」

ちゃっかり話の中にスティラは入り込んでいた。今、この場でそこを注意するか。この子、思っていた以上に逞しい。

「あんたついてくるの？　俺とディーとミリィだけで行きたいんだけど」

「こんな暗いところにレディをひとりで放り出すの？　騎士の風上にもおけませんわね！」

こんな暗いところにレディひとりとか言っているが、勝手についてきたのはスティラではないか。けれどその時、ミリエラの耳には誰か来る足音が聞こえてきた。

「まずい、誰か来ちゃう！」

見つかっては、肝試しどころではなくなってしまう。顔を見合わせ、スリッパを脱いだ。脱いだスリッパを手に、そろそろと移動を開始する。

階段を上り、もう一階分上って四階へ。そして、南の部屋まで。

たぶん、見回りの教師なのだろうけれど、同じ建物に大人がいるという事実が、緊迫感を否応なしに増してくる。

「……よし、ここが南の部屋だね」

こっそりと扉を開いて、中に入る。室内は暗く、カークの持つランプの明かりだけが室内を照らす光源だ。

「ここ、なんの教室だろう」

ずらりと並んだ机と椅子。でも、二週間の体験入学の間、ここに来ることはなかった。

「ここは、普段は使われていない教室ですわ。日当たりがいいので、美術の授業が行われることがあります」

どうやらここは絵を描くアトリエのように使われているらしい。なるほどと思ったのは、絵や彫刻がいくつも並べられていたから。

スティラ曰く、これらはここの学院に通っていた生徒の作品なのだとか。貴族の子女の中には、芸術的才能に目覚める人もしばしば現れるのだそうだ。

「じゃあ、次は一階の北の部屋だね」

「なー、でもこれって肝試しになるのか？　本当は、ひとりひとり行くんだろ？」

「これぱかりは、しかたがないよね」

四人で歩いているから、恐怖心がいくぶん薄くなってしまうのはしかたのないところだ。

「なに言ってるの、怖いに決まっているでしょう……！」

スティラは、ちゃっかりディートハルトの寝間着を掴んでいる。こういう時でも逞しいのだなと、逆に感心してしまった。

（この校舎に、もうひとりいる？）

『いるよ、今、三階』

『こっちに向かってるね』

ひそひそと風の精霊に聞いてみると、ここに長居しないほうがよさそうだということだけはわかった。

「もう、行こう？　誰かこっちに来ているみたい」

「なんでわかるの？」

「スティラ嬢、それは、秘密です」

ディートハルトとカークは、ミリエラが精霊達の話を聞くことができるとわかっている。きっと今も精霊から情報を得たのだろうと思ったらしく、ふたりともうなずいた。

「よし、じゃあ次は一階北の部屋」

そろそろと階段を下りる。四人揃って歩くと、さわさわという衣擦《きぬず》れの音が、思っていたよりもずっと大きく響いているのに気がついた。

一階の廊下は、やはりしんと静まり返っている。扉を開き、北の部屋に入った。この部屋は、授業に使っているからミリエラも入ったことがある。

「しー」

ミリエラは唇に指を当てた。誰か、こっちに来ようとしている。

「どうしよう、誰か来る。カーク、明かり消して！」

「わかった」

四階の部屋に、ちょっと長居しすぎたかもしれない。足音がこちらにどんどん近づいてくる。どうしよう、ここには隠れる場所がない。

寮を抜け出しただけではなく、こんなところで遊んでいたと知られたら大目玉を食らわされる。ミリエラ達はもうすぐ帰るからまだいいけれど、巻き込んでしまったスティラにはちょっとばかり申し訳がない。ほんのちょっとだけ。

「――こっちよ！」

低い声がしたかと思ったら、腕をぐっと引かれた。教壇の後ろには扉があり、準備に使うための部屋へ続いている。扉を開いたスティラは、準備室にミリエラを引っ張り込んだ。

ディートハルトとカークも続いて中に転がり込んでくる。

「ここに来ただけじゃ、すぐに見つかっちゃうんじゃないの？」

「ふふ、甘いわね。来て！」

準備室の奥には、作りつけのクローゼットがある。その扉を開くと、スティラは中に入った。

「四人入れるわ！　殿下も早く！」

カークはどうでもいいのかと思ったが、それはまあそれだ。ディートハルトとカークが入り、最後に入ったミリエラがぴったりと扉を閉じる。

「……意外と広いね」

「四人入れるとは思ってなかった」

「私、先生の準備を手伝うことがあるから、よく知っているの。見回りの先生も、この扉を開いてまでは見ないでしょ」

くすり、とスティラは笑う。ディートハルトにまとわりついている時の彼女とはまったく違う微笑みだ。こっちのほうがミリエラは好きだけれど、スティラはそれを聞いても嬉しくはないだろう、きっと。

扉の隙間から一瞬光が射しこむ。ランプの明かりだろう。男性の声で異常なしと聞こえたかと思ったら、すぐにその光は去っていく。

しばらくの間、四人とも息をひそめていた。見回りの先生が、戻ってくるのではないかという気がして。

その沈黙を破ったのは、くすくすというディートハルトの笑い声。

「先生、気づかないで行ってしまったね」

「ディー、足、痺《しび》れた……もう、出てもいいんじゃないか？」

奥のほうに押し込まれたカークが、ディートハルトに文句を言っている。

「ごめんごめん、もう行こうか。今夜のことは、口にしないようにね」

ディートハルトにも、こういうところがあるとは思ってもいなかった。彼からしてみたら、ちょっとした冒険なのだろう。

（……まあ、楽しそうだからよかったってことで……）

自分の複雑な立場を十にもならないうちに悟ってしまうような子だから、ディートハルトはいつも自分の気持ちを抑え込んでいる。そんな彼が珍しくちょっぴり悪いことをして楽しんでいるのだから、これでよしとしておく。

夜中に抜け出すのは大問題だが、何事もなく終了しそうだし、秘密は守ろう。

（私も、ちょっと楽しいっていうのは否定できないし……！）

ミリエラも、前世込みでこうやって過ごす経験はなかったからちょっと、いやだいぶ楽しかった。

このところ、精神の年齢が肉体に引きずられているのを自覚している。きっと、このままこっちの世界に馴染んでいくのだろう。

「じゃあ行こうぜ……おっと！」

カークが立ち上がろうとしたら、棚の裏板に肩をぶつけた。かこん、と音がして、裏板が後ろに倒れる。

「……なんだよ、これ」

棚板の向こう側は、長い通路が続いていた。

(隠し部屋……？　それとも、抜け道……？)

ここは、王族や貴族の子供達が通う学校である。となれば、いざという時の抜け道なのかもしれない。

「行ってみようぜ！」

「あ、カーク！　ちょっと待って！」

ランプを持っているカークが行ってしまっては、帰り道危ないではないか。

引き留めようとしたけれど、ディートハルトもカークについて行ってしまった。信じられない。

「……スティラ嬢、どうする？　ミリィはふたりを追いかけるけど」

「わ、私も行くわよ！　こんなところにひとりで残っていたくないもの……！」

別についてこなくても構わない、という気持ちが顔に出ていただろうか。きぃぃっとなったスティラは、ミリエラより先に通路に入り、どんどん行ってしまう。

(なんだかなぁ……)

まだ側に残っている精霊達が激しく騒いでいないから、大丈夫だとは思うけれど。

一応、裏板を元のように戻してから、ポテポテと皆のあとを追う。

通路は石造りでひんやりとしていた。きちんと手入れされているのか、湿っていて水が滴《したた》り落ちたり、埃《ほこり》が積もっていたりということはない。

「……わあ！」

カークとディートハルトの声が聞こえてきて、ミリエラは足を速めた。

「どうしたの？」

通路の先が、明るくなっている。皆のいるほうへと進んだら、そこは円形の部屋だった。

「……なんだろ、これ」

ガラスのような透明の素材でできた柱の中、白く輝く〝なにか〟が捕らえられている。白く輝く丸い玉。

（こんなの、見たことない……）

カークとディートハルトは、柱に張り付くようにして、じっと見つめている。スティラは腰が抜けたのか、そこに座り込んでしまっていた。

（……なんだろ、この部屋変だ）

この部屋に入った途端覚えた違和感。それは、この学院全体に通じるものでもあった。

「ディー、カーク、ここから出よう。この部屋、なにかおかしいもの」

ミリエラを見た途端、柱の中にいる〝なにか〟の動きが激しさを増した。まるで、出してほしいと訴えかけているみたいに、柱が揺れる。

（……どうしよう、たぶん、これ、精霊だよね……どうやったら解放できるんだろう）

この精霊を、このままにしておいてはいけないということだけはわかった。

「エリアス、フィアン、ディーネ、来て！」

頼りになる精霊王達を呼び出そうとしてみるけれど、彼らの声が聞こえない。どうしてだろう。今までこんなこと一度もなかったのに。

「ミリィ、どうしたの？」

「駄目、精霊王達が来てくれないの」

ディートハルトが心配そうな目をこちらに向ける。「精霊王？」とわけのわかっていないスティラが首を傾げた。

「まずい、誰か来るぞ！」

扉の近くにいたカークがささやいた。隠し通路を誰かがやってくる足音がするらしい。

精霊が閉じ込められているると思われるこの部屋にやってくるなんて、どう考えても危険人物に間違いない。

（どうしようどうしよう……）

室内を見回してみるものの、身を隠せる場所はなさそうだ。

「カーク、ちょっといいかな」

ディートハルトがカークを呼び、なにやらささやく。カークがうなずくのが見えた。

「……ミリィとスティラ嬢はここ。僕とカークが合図をしたら、走って逃げて」

通路のすぐ脇、入ってすぐの場所は意外と見えないだろう。そこに張り付くよう指示された。

ミリエラとスティラはそれでいいにしても、ふたりはどうするのだろう。

「ディーとカークは？」

「大丈夫。すぐに追いかける」

「なあ、俺とディーで、ミリィとスティラ嬢ひとりずつ担当したほうがいいんじゃないか？」

カークの言葉に、一瞬ディートハルトは思案の表情になる。それから、

「そうだね。そうしよう。スティラ嬢、ここに来て」

スティラの手をディートハルトが引く。ミリエラは、カークの側に寄った。

そうしている間にも、足音はどんどん近づいてくる。入り口から誰かが入ってきた。

「――それっ！」

ディートハルトとカークが、一斉にとびかかる。

「ぐぇっ！」

ふたりに一度に体当たりされ、入ってきた人物はその場に倒れてしまった。

「早く！」

ディートハルトはスティラの手を引き、カークがミリエラの手を引いて走り始める。

「だ、誰だ……こんなところで！」

後ろから怒声が聞こえてくる。よたよたとしながらも、追いかけてくる足音も。

必死にクローゼットの中に飛び込む。ディートハルトはぐるりと向きを変え、裏板を元の位置に戻した。

クローゼットから飛び出したカークは室内に忙しく目を走らせる。

「ミリィ、その棒取って！」

「これ？」

たぶん、授業で使う棒なのだろう。カークは、クローゼットの引手に、その棒をくぐらせた。

これで、内側からクローゼットを開くことはできない。

「なんだ、開かない！」

もう追いつかれてしまった。背後からは、扉に体当たりする音が聞こえてくる。

棒はあっという間に折れてしまいそうだ。ここに長居はできない。

「寮に戻って隠れましょう！」

スティラがそう叫ぶけれど、ミリエラはカークがランプを忘れてきているのに気がついた。

あのランプの持ち主を探られたら、すぐに見つかってしまいそうだ。

「駄目、バレちゃう！」

もし、スティラもあの場にいるのを見られていたら危険だ。

どうしよう、どうしよう――。敷地の周囲はぐるりと囲まれていて、塀や門を乗り越えて逃げるのは無理そうだ。

でも、助けを求めるためには外に行かなくては。だって、この学院の誰が信頼できるのかわからない。

「そうだ！　図書館」

不意に気がついた。図書館は、王宮に繋がっている。図書館の扉は閉じられているだろうけれど、もしかしたら、どこか窓を閉め忘れているかも。

「図書館の地下から王宮の図書館に抜けられる！」

「でも、扉開いてるかな……？」

カークが心配そうな顔になる。入り口には鍵がかかっているのが当然だ。

「待って、僕なら開けられるかもしれない。とりあえず、あっちに逃げよう。ここにとどまっているよりずっと安全なはずだから」

「もう、いやぁ……！」

「大丈夫だよ、スティラ嬢。僕とカークが君を守るから。もちろん、ミリィのこともね」

泣き言を口にするスティラをなだめておいて、ディートハルトは再びスティラの手を引いて走り始める。ぐずぐず言いながらも、ここにひとり取り残されるのは困ると思ったらしい。スティラもディートハルトに続いて走り始めた。

（大丈夫かな……）

心の中で、精霊にたずねてみると、ふわりと新たな風の精霊が姿を見せた。

『王様達、ここに入れないみたい』

『でも、入れるところで呼んだらすぐに来るから』

たぶん、この敷地は精霊王を阻むような措置がされているのだろう。どんな措置なのか、ミリエラにはわからないけれど。

図書館は、しんとしている。

後ろを振り返り、誰もついてきていないことに安堵した。もしかしたら、全然別の場所でミリエラ達を探しているのかも。

「……よし、行くよ」

ディートハルトは、扉に近づいた。ノブを回してみるけれど、当然鍵がかかっている。

「窓を割るっていうのはどうだろう？」

「窓は頑丈なんだよ。多少のことじゃ割れないんだ」

カークの提案に首を振ったディートハルトだったけれど、すぐに何か思いついたようだった。

「もしかしたら、これでうまくいくかも」

ディートハルトは、扉に手を置き、マナを流し始める。

（なるほど、これ、魔道具なのね。でも、ディーも器用なことをしているな……）

この図書館の鍵は魔道具で作られた特別なものだ。許可を得ている人しか開けられないようになっている。ディートハルトは、その許可を強引に上から書き換えているところだ。

「僕は王族だから、大人になれば許可がもらえるんだけど、まだもらえてないんだよね」

魔道具に直接干渉するなんて、今まで想像したこともなかった。ディートハルトの額に汗が浮かぶ。

「うーん、もうちょっと、なんだけど」

途中で彼の手が止まる。ミリエラは、彼の手に自分の手を重ねた。

「大丈夫。ミリィ手伝うよ」

ディートハルトとミリエラのマナだけじゃ足りない。ここで必要なのは、空中に漂うマナ。

ミリエラがいうところの、金色のふわふわだ。

金色のマナをまといながら、ディートハルトのマナに自分のマナを重ねて流す。

やがてカチリ、と音がした。

「誰か来る！」

「入って！」

タイミングがよかった。扉を開いて、中に入る。そして、内側から鍵をかけた。

「こっちの階段から地下通路に下りられるんだ。父上に連れてきてもらったことがあるから知ってる」

ひそひそとささやきながら廊下を急ぎ足に進み、突き当たりの階段から下に降りる。そこの扉もまた、鍵がかけられていた。

「大丈夫、同じ方法でいける」

力強くディートハルトが宣言し、再び魔道具に直接干渉する。けれど、そこでぐらりとディートハルトの身体が揺らいだ。

「ごめん、マナが……尽きそう……」

「大丈夫、覚えた。ミリィに任せて！」

ディートハルトに変わって、鍵穴にマナを流し込む。空中に漂う自然のマナを集めて、自分のマナと重ねていく。

他の人の目には見えていないけれど、ミリエラには自分の身体が金と銀のマナに包まれているのがよく見えた。

「――よし！」

再び開錠される音。そこから地下の通路へと降りる。

「これって、悪いことよ。王宮への不法侵入だもの」

強引にあとを追いかけてきたくせに、スティラはそんなことを言いだした。追っ手から逃れたと思って安心したのかもしれない。

「それはそうだけど、あのままいたら、スティラ嬢はひどい目にあわされていたと思うよ」

「なー、ディー。こいつ連れていく必要ある？」

スティラの手を引いているディートハルトに向かい、カークはそんなことを言いだした。

「なんてことを言うのよ！」

「だって、邪魔じゃん」

「邪魔？　邪魔なんかしてないもの！」

きぃぃっとなったスティラはその場で足を踏み鳴らそうとする。それを遮ったのは、冷え冷えとしたミリエラの声だった。

「とりあえず、今はそれはどうでもいいでしょ？　肝心なのは安全な場所まで行くこと。ここだって、安全とは言い難いんだからね？」

ミリエラの言葉に、スティラも黙り込んでしまった。自分が不利であるということに気がついたのかもしれない。

そうこうしている間に、王宮側の扉に到着していた。

「あ、これなら大丈夫かも！」

ミリエラの声が弾む。通路を歩いているうちに、精霊達への妙な干渉が消え去ったようだ。

今のミリエラの目には、精霊達があちこちから手を振っているのがしっかりと見えている。

「扉の精霊さん、鍵を開けてくださいな」

ミリエラが頼むと、カチリ、と勝手に鍵が回った。そして扉もまた勝手に開いていく。

魔道具は見慣れているはずのスティラだったが、これにはあんぐりと口を開いていた。

「――よし」

王宮まで来てしまえば、まず一安心――と思ったけれど。そううまくはいかないらしい。

ディートハルトが口を開く。

「ミリィ、侯爵のところまで連れていってもらえないかな」

「王宮の人も信頼できない？」

そう言ったら、ディートハルトは困ったように笑った。たぶん、王と王妃は信じていても、その下にいる人達は信じていないということなのだろう。

「いいよ。エリアス、フィアン、ディーネも来て！」

先ほどは駄目だったが、精霊王達を呼んでみる。ゆらりと空気が揺れて、そして三体の精霊王が具現化した。

「なっ、なっ……」

初めて精霊王を目の当たりにしたスティラは言葉を失ってしまっている。

「ミリィ達を家まで連れて行って！　どうやって乗ったらいい？」

「ディートハルトとミリエラは我に乗るがよい。ミリエラ、ディートハルトをしっかり掴まえておけ」

「わかった」

「あなたは、わたくしに抱かれるのがいいと思うわ。それが一番安定するもの」

ディーネがスティラに手を伸ばし、スティラはこわごわとうなずいた。

「フィアン、ごめんな。俺、重いかも」

「幼子ひとり乗せたところで、なんということはない。遠慮なぞするな」

精霊王達が誰を乗せてくれるかがあっという間に決まり、通路の扉を開いて外に出る。

「扉の精霊さんが、鍵かけておいてくれるって」

こういう時でも戸締りは大事。こうして、精霊王達に保護された子供達は、王都の空に舞い上がったのだった。

第七章　土の精霊王は、天才幼女錬金術師と契約したい

「きゃああああっ！」

「大丈夫でしょう？　そんなに怖がらないで」

後ろから、激しいスティラの悲鳴が聞こえてくる。かなり空高いところを飛んでいるから、地上にいる人には聞こえないだろうけれど。

（ディーネがしっかり抱えてくれているんだから、安心なんだけどなぁ……）

王宮から侯爵邸までは、空を飛べばあっという間だ。五分もたたないうちに、一行は玄関前に降り立っていた。

「あー……どうしよう」

ここまで大急ぎで来たはいいが、どうやって扉を開こう。

呼び鈴を鳴らせせば、執事か誰か起きてきてくれるだろうか。夜中に、王宮から連絡が来ることもあるだろうし。

「わ、私っ、空を飛ぶなんて聞いてませんでしたわっ！」

悲鳴をあげっぱなしだったスティラは、地面に下ろされてもまだ文句を言っていた。文句を言う元気があるなら、大丈夫だろう。むしろ、腕の中でぐねぐね暴れるスティラ抱えていた

ディーネのほうがお疲れ気味だ。

「……この子、こんなにうるさいとは思わなかったわ……ミリエラ、ジェラルドを起こすのは、わたくしがやってあげましょう」

「ディーネが？」

「任せて」

ふわり、とディーネは空中に浮き上がる。そのまま、窓をすり抜け、中へと消えた。

「それより、ここ、どこよ？」

喚《わめ》き散らしていたスティラは、今ようやく自分が地面に下りているということに気づいたらしい。ここがどこかわからないみたいで、きょろきょろとしている。

「ミリィの家。すぐに、パパが来てくれるからちょっと待って」

その言葉の通り、五分もたたないうちに屋敷の中から慌ただしい物音が響いてきた。真っ暗だった家の中、あちこちランプの明かりがともる。

内側から勢いよく扉が開かれ、父が飛び出してきた。

「殿下、ご無事でようございました。ミリィ、どうした？」

「パパ！」

出てきた父は、寝間着の上からガウンを引っかけただけだった。紐も結んでおらず、前はだらんと開いたまま。ミリエラはその父の胸に勢いよく飛び込んだ。

顔を合わせていなかったのは、せいぜい十日くらいものなのに、こんなにも父が恋しい。父はミリエラを抱えたまま、ディートハルトに頭を下げる。

「カーク、お前、悪さをしたのか！」

「してない！」

同じように飛び出してきたオーランドに、濡れ衣を着せられたカークは、いい迷惑である。今回の事態を招いたのは、たしかにカークの思い付きがきっかけであったけれど。

「スティラ嬢、中にお入りください。お怪我は？」

「ないわ」

父はスティラにも丁寧に対応している。続いて出てきたのは、執事とメイド長であった。休んでいたらしく、彼らも寝間着の上から上着を羽織っただけ。

「皆さん、こちらに。温かいお飲み物をご用意いたしましょう。侯爵様、王宮とトレイシー公爵家にも使いを出しました。今夜はもう遅いので、皆様こちらでお休みいただきます」

てきぱきと執事は、皆を中に招き入れる。あっという間に全員居間のソファに座らされた。寝間着しか着ていないから、それぞれに羽織るものが手渡される。ディートハルトにはカークの上着、スティラにはミリエラのガウンは小さかったから、メイド長のショールが貸し出された。

柔らかな湯気を上げているココアが運ばれてきて、ミリエラを含め、子供達はほっと息をついた。

「人間の飲み物って、不思議な味がするから好きよ」

両手でカップを受け取ったディーネはふぅふぅとしながらそれを口に運ぶ。

「甘いものは悪くない。鶏肉は遠慮しておきたいがな」

フィアンの場合、共食いになるのだろうか。あまり考えたことはなかったけれど。

「熱い……」

エリアスのカップは口が広めのものなのだが、熱いみたいで舌の先をつけてはぴょんと戻している。猫舌か。

「それで、こんな夜中に来た理由は？」

ココアで身体を温め、皆が落ち着いたところで、険しい顔をした父が口を開く。ミリエラが説明しようとしたら、先にカークが答えてしまった。

「侯爵様、それがさ」

肝試しをしていたら、隠し通路に迷い込んでしまったこと。その先は変な部屋に繋がっていたこと。そして、怪しい人物に追われ、逃げ出してきたことも。

「……誰の発案なんだ、それは」

カークの雑な説明を聞き終えた父は、額に手を当ててしまった。心配させるつもりはなかったので、ちょっと申し訳ない気持ちになる。

「ごめんなさい、侯爵様。最初に肝試しを始めたのは俺」

「ごめんなさい、侯爵。カークを止められなくて」

「ミリィも……」

男子寮と女子寮は別だけれど、精霊に起こされて注意を受けたのになんだかんだで肝試しに巻き込まれてしまった。

「私は、ミリエラ嬢を止めるつもりで——まさか、こんなことになるなんて」

と、遠い目になっているスティラに、父は同情したような目を向けた。ミリエラが巻き込んだわけではないのに。

「それより、パパ。たぶん、地下にいるの精霊だと思う。それも、かなり強い精霊」

「その話なのだが、のう、ミリエラ。以前頼んだことを覚えておるか？」

暖炉の前にちゃっかり陣取っている精霊王達を代表して、フィアンが口を開く。以前、精霊王達から頼まれたこと——まさか、あの精霊は。

「土の精霊王だと思うの？」

「そなたの話を聞く限りでは、そうではないかと思う。行方不明になっている者は他にもおるが——」

そんなにしばしば行方不明になるのか、精霊は。そう言えば、以前にも、数百年ぐらいなら問題ないとは言っていたような。

「そろそろミリエラと契約できるって時に行方不明になるなんて、ありえないだろう？　我達も、さんざん探したのだ」

「あの場所が、精霊を排除するのは以前から気づいていたけれど、気にする必要もないと思っていたの。人間側の都合で、精霊には入ってほしくない場所があるというのもわかっていたし」

この世に精霊が存在するのはわかっているが、精霊の影響をあえて排除したい場所もあるのだそうだ。たとえば、精霊の力を借りない魔術を研究している場所だとか、宗教関係の場所とか。

精霊の側でも、人間には入ってほしくない場所には結界を張ることもあるため、問題視はしてこなかった――今までは。

「あれ？　でも、風の精霊達はいたよね？」

ミリエラが起きたのは、風の精霊達が起こしてくれたから。そうでなければ、カークとディートハルトが肝試しをしているなんて、まったく気づかなかった。

精霊を排除するようなシステムがあの場に作られていたのなら、なぜ、風の精霊達はいたのだろう。

「我ら、ミリエラを心配していたからな。付き合いが長い分、我の眷属はミリエラのマナと親和性が高い。力の弱い者は中に入ることができた。入ってからはミリエラのマナを借りていた」

おそらく力の弱い精霊だけ、中に入ることができたのだろうという話だった。

「そうだったのか。エリアス、皆にありがとうって言っておいて」

水の精霊も、火の精霊も、きっとあの場に出現しようと思ったらできたかもしれない。けれど、あの場には火種も水もなかった。きっと、風の精霊が姿を見せるのが一番早かった。

「精霊王を捕らえる、か――とんでもない話だ。すぐに救出しなければ」

「パパ、すぐに行こう」

あの精霊が土の精霊王ではなかったとしても、あのままにしておくわけにはいかない。手を貸してほしいというミリエラの願いを、父は迷わず受け入れてくれた。

寝間着のままだったミリエラは、屋敷に置いてある服の中から動きやすいものを選んで着替える。父もあっという間に支度を調えて戻ってきた。

「……でも、見張りが立ってるかなぁ？」

「大丈夫だ、そのあたりは我に任せるがいい」

暖炉の前でのびのびとくつろいでいたエリアスが、うーんと伸びをしながら言った。前脚と背中を伸ばしたその姿勢は、まさしく巨大な猫そのもの。

嘴で羽根を整えていたフィアンが、あきれたように首を振る。

「早めに動くに越したことはないよね。相手が、精霊をどこかにやってしまう前に」

たぶん、あれだけ大がかりな装置だから、そうすぐ解除はできないだろう。けれど、急いだほうがいいのは間違いがない。

「ミリィ、気を付けてね」

「俺も一緒に行けたらよかったんだけどな」

ディートハルトとカークが声をかけてくれる。

ちょっぴり怖いけれど、精霊を見ることができるのはミリエラだけだから、ミリエラはここに残るという選択肢はない。

「き、気を付けて行ってきなさいね。本当は、あなたみたいな小さな子は、眠っていないといけない時間なんだから」

なんだかんだで、玄関前まで見送ってくれたスティラは、一応心配してくれているのだろうか。本来ならスティラも眠っている時間なのに。

「行ってくる。土の精霊王を助けたら、ちゃんと帰ってくるから」

エリアスの背中に父とふたりで乗って、ふわり、と空に舞い上がる。エリアスに乗せてもらったことはあるけれど、父と一緒は初めてだ。

屋敷に戻った時同様、空を駆ければあっという間。追っ手はミリエラ達をまだ探しているだろうか。それとも、逃亡したのだろうか。学院の中はしんと静まり返っている。

「ジェラルド、すまないが、送ってやれるのは敷地の外までだ。中に入ろうと思えば入れるが、気づかれる可能性も高くなる――侵入しやすい場所に下ろしてやろう」

「はい、精霊王様」

エリアスが空中で停止したのは、王宮の塀のすぐ側だった。父が塀の上に滑り降りる。それから、ミリエラに手を差し出した。

「――おいで」

「うん」

エリアスの背から父の腕の中へ迷うことなく飛び込んだ。狭い塀の上だけれど、父はバランスを崩すことなくミリエラを受け止めた。

「――行ってくるね」

心配そうな目をこちらに向けたエリアスだったけれど、「頼んだ」と言うなり、溶けるように空中に姿を消す。

「ミリィ、しっかり掴まって。少し、揺れるぞ」

「はい、パパ」

塀の上を歩く父は、まったく危なげなどない。王宮を囲う塀の上を数歩歩き、すぐそこにある学院との境を乗り越える。

「ミリィ、私は中には詳しくない。案内してもらえるか？」

「もちろん」

ミリエラを塀の上に座らせ、父が先に下りる。それから、両手を広げて待ち構えた。

「飛び降りておいで」

「うん！」

暗闇の中に、ひそひそとささやき合う父とミリエラの声。再び、父の腕の中に飛び込んだ。

それから、闇に紛れるようにして校舎を目指す。見回りの者もいるのだろうけれど、ミリエラの耳に届く風の精霊達の声を聞けばかわすことができた。

（……鍵、開いたままだ）

ミリエラ達が逃げ出した時、校舎の玄関を開けた。ノブを回してみると、すんなりと回る。どうやら、ミリエラ達を追うのに必死で、鍵をかけたりはしなかったらしい。

「パパ、大丈夫？」

「不法侵入をするのには慣れていないけれど、大丈夫だよ」

こんな冗談を言う余裕があるのなら、きっとまだ大丈夫。

音を立てないように注意しながら廊下を進む。

先ほどの部屋に到着し、室内を確認してみたら、クローゼットの扉が開いたままだった。もしかしたら、出入り口はあそこにしかないのかもしれない。折れた棒が転がっている。

「クローゼットの中から、地下に降りるの」

誰も聞いていないのに、ついひっそりとささやいてしまう。父はうなずいて、先に室内に足を踏み入れた。

（大丈夫かな……パパが強いのは知ってるけど）

線が細い美青年路線なので、体力的にはたいしたことないように見えるのだが、マナを使うことで肉体を強化できるらしい。以前、ミリエラを誘拐した人物を、殴り倒しているのを見たことがある。

ミリエラにも、同じことができればよかったのに。

戻ってきた部屋は、先ほどとなにひとつ変わっていないように見えた。透明な柱の中に浮かぶ光が、ミリエラ達の入室と当時に、柱の中で激しく動き回る。

「パパ、あの柱壊せる？」

「……やってみよう。たしかに、あの中にいるのは精霊のようだ——となると、魔道具を使って精霊を拘束しているのだろうね」

魔道具のことならば、父に聞くのが一番早い。ミリエラのその判断は間違っていなかった。

そして、父をここに連れてきたことも。

魔道具と判明した柱を、父は丁寧に調べている。

よく観察してみれば、柱は床に接する面からミリエラの膝あたりまでは、金属のようなもので作られていた。そこから管が何本も伸び、壁へと繋がっている。

「……まだ、ミリィには教えていなかったね。これは、錬金術の中でも特別なもの。書物にも載っていないから、普通の人は知る機会がないんだが——見ているといい。いつかきっと、君にも必要になるから」

真剣そのものな目でそう語った父は、そのまま床に膝をついた。両手を伸ばし、柱の金属のような部分に触れる。

「……パパ？」

「今から行うのは、錬成分離という技術だ。これは、知っているよね？」

「もちろん！」

ミリエラだって、錬成分離という技術があることぐらいわかっている。ちゃんと、錬金術の本に書いてあった。非常に高度な技術で、熟練の錬金術師しか使うことができないらしい。

どんな技術かといえば、言葉の通り、一度錬成した素材を分離させるのだ。

たとえば、保冷布を分解したら、スライムの魔石と、布、そして溶液になるはずだ。魔石は粉として分離されるし、溶液は再利用できないけれど。

だが、それには錬成と同じように錬金釜が必要になる。ここに来る時、錬金釜は持ってこなかった。

「でも、錬金釜がないよ？」

「錬金釜がなくても、錬金術は使えるんだよ――もっとも、これができる者はそう多くないし、錬金釜を使ったほうがはるかに楽だけれどね」

父の身体が、銀色のマナに包まれていくのがミリエラの目には見えた。精霊眼を持つミリエラにしか見えないもの。

ミリエラは、目を丸くして父の様子を見ていた。

父の手に、銀色のマナが集中し、そこから柱に流れていく。

（綺麗……パパのマナは綺麗……）

この光景が、他の人の目には見えないのが残念だった。銀色の靄に包まれた父の姿。父のマナの強さを示すように、風もないのになびく髪と上着の裾。

（なにをしているんだろう――）

流れ込んだマナが、柱の素材に浸透していく。ぐるぐると素材の中を回り、そして素材が分解されていく。

（こんなこと、できるんだ――？）

ミリエラも知らなかった。こんなことができるなんて。

ぐらり、と最初に右側が融《と》けた。どろどろとした金属になったそれは、床の上に広がっていく。そして、マナが、透明な部分へと流れ込んでいく。

その時には、柱は左右に揺れ始めていた。ぴきりと天井にひびが入る。

「パパ、天井が崩れちゃう！」

ミリエラの悲鳴に、父ははっと上を見やる。それから、マナの流し方を少し変えたようだった。

崩れかけていた金属部分は、それ以上崩れるのをやめる。

透明な筒の中で暴れていた精霊が、内側から柱を破った。バリンッと大きな音がして、ガラス状の破片が飛び散る。

中から飛び出してきた光の玉は、自由を満喫しているかのように激しく部屋中を飛び回り始めた。

「崩れちゃうってば！」

天井に空いている穴が、大きさを増したのに気づいたミリエラは悲鳴をあげた。

「大丈夫、任せなさい」

こんな時でも頼りになる父の声。

（……嘘、こんなこともできるの？）

床にだらりと流れていた金属部分が、柱を上へと昇り始めた。精霊に破られた柱の穴はそのままに、天井に向かって伸びていく。

そして、天井との接合面まで到達すると、そこで赤々と燃え上がった。

「……すごい、すごいよ、パパ！」

崩れかけていた天井のひびに流れ込み、そして、穴を埋めていく。天井の崩れは、ぴたりと止まった。

ミリエラの目の前でゆらゆらと左右に揺れた玉は、ミリエラの足元にちょこんと座った――ようにミリエラには見えた。

『それがしと、契約してくだされ』

父の仕事ぶりに目を丸くしていたら、玉から声が聞こえてくる。

（そっか、やっぱり、土の精霊王だったんだ）

他の精霊王達が心配していた土の精霊王。ここで会えるとは思ってもいなかった。

「土の精霊王、あなたに名前をあげる。あなたの名前はドルー。そして、ミリィと契約して！」

もう四度目ともなれば、ミリエラも慣れている。手を伸ばし、精霊王の名前を言葉にする。

『契約は、成立した』

重々しい声。そして、床に四本の足で降り立つ大きな身体。

「感謝する、ミリエラ・グローヴァー。それがしの名はドルー、たしかに受け取った」

「……え？」

それを見て、ミリエラは絶句してしまった。土の精霊王、ドルー。

格好いい名前を付けたつもりだったのに――耳に聞こえてきた声から想像していたのとはちょっと、いや、だいぶ違う。

ミリエラの前に四本の脚を揃えて座っていたのは、茶色の兎《うさぎ》であった。短いがふわふわとしていそうな毛並みは、エリアスとどちらが柔らかいのか比べようもない。

大きな黒い瞳が、真正面からミリエラを見つめる。そして、深々と頭《こうべ》を垂れた。

「それがし、不覚をとってしまった――」

「そ、それがしって！」

「責任を取って、この腹掻《か》っ捌《さば》いて」

「ちょっと待って！」

どう見ても侍。いや、サムライか。腹を掻っ捌くって、この国に切腹文化が存在したのか。そんな文化が存在すること自体初めて知った。

「ドルー、それはちょっと置いておこうか……？」

ミリエラとしても、いきなり目の前で切腹されたら困ってしまう。

実体があるとはいえ、人間と精霊の身体は違うから、切腹してもミリエラが想像しているようなことにはならないかもしれないけれど。

というか、今契約したばかりである。切腹は困る。ものすごく困る。

「……あの、精霊王様。ここはあまり場所がよろしくありません。よろしければ、我が家のほうでお話を聞かせていただくというのはどうでしょうか」

ミリエラが困っているのを見て取った父が、さっと話に入ってくれた。ミリエラが困っているのに気づくなんて、本当に父はすごい。

「そうだよ、早くお屋敷に帰ろう――こんなところに、長居したくないもの。あれ？」

ドルーの具現化に気を取られていたけれど、精霊の存在を再び感じるようになっている。

急激に、敷地内にたくさんの精霊がやってくるのがミリエラにはわかった。

「……それがしを捕らえていた者は、精霊の力を利用したかったようなのだ。だが、不用意に他の精霊が近づくと問題になる。それで、それがしの力を使い、精霊が近づけないようにしていたのだ」

「なるほど――それで、あのような」

父は納得している様子であるが、なにがなにやらミリエラにはさっぱりわからない。きっと、一人前の錬金術師にならなければわからないのだろう。

――それより問題は。

錬成分離である。

（私にもできるかな――？　すっごい高度なことをしたのは見てるだけでわかったんだけど）

錬成によって結びついた物体を、素材に戻す。今のミリエラの技量では、錬金釜を使ったところで、到底無理。

あの細かなマナ操作の見事さ。グローヴァー侯爵家が優れた錬金術師の家系であると言われてきた理由を納得したような気がした。

「精霊王様、とにかくここは出ましょう。あなたを捕らえた人物が戻ってきては大変です」

「たしかに、侯爵の言う通りである。ミリエラよ、それがしの背中に乗るといい。侯爵もだ」

「う、うん……」

くりくりした愛らしい目と大きな耳、どこからどう見ても愛らしい兎――巨大ではあるが――と、この武士というか侍に似た言葉遣いがミリエラの中で一致しない。

そういえば、精霊王達は、それぞれに口調が違う。もしかしたら、彼らの持つ性質によるのかも。

「では、行こうか」

ドルーがそう口にした時だった。

通路を走ってくる足音がしたかと思ったら、部屋の中に誰か飛び込んでくる。

「な、なんてことだ……こ、このような。侯爵、部外者が勝手に敷地に入っていいと思っているのですか！」

「学院長……」

飛び込んできたのは、ここに来た時挨拶をした学院長であった。

あの時、なんだか嫌な雰囲気がするとは思っていたけれど、ここで会うとは。

「苦労して、捕らえたというのに――いや、これはこれで都合がよいのか？　具現化している状態で捕らえることができれば」

ぶつぶつと言いながら、学院長はなにか考え込んでいる様子であった。だが、すぐに気を取り直したらしい。

「その精霊王は私のものだ。私が捕らえた。私の研究の集大成に、精霊王が必要なのだ」

「精霊王が必要？　そなた、なにやら勘違いしているのではないか？」

愛らしい外見とはまったく合っていない低い声でドルーは言い放った。学院長は、ドルーの剣幕に気圧《けお》されたように一歩あとずさる。

「そなた、それがしを捕らえてなにをした？　精霊王のマナを吸い取り、自分のものとしていたではないか」

「え、ええと……」

自分の世界が狭かったことを、ミリエラは痛感させられた。だって、ミリエラは、魔物すら自分の目では見たことがない。ミリエラが知っているのは、魔石になった魔物だけ。

この広い世界に、そんな恐ろしい研究をしている人がいることすら知らなかった。

（ううん、考えたくなかったのかもしれない……）

前世の経験と、今回の人生の経験を足したら、もしかしたら想像できなくはなかったのかもしれない。ミリエラがそれを拒んでしまっていただけで。

「……学院長、あなたのやったことはよくないと思う。国王陛下に報告はしないといけないと思うの。あと、ミリィ、学院長がここにいるなら入学しない」

新しい友達ができたのは収穫だったけれど、貴族同士のごたごたに巻き込まれるのはまっぴらごめん。

この学院長がトップである限り、この学院に通って得られるものはそう多くなさそうだ。

「……それでもいいさ。別に、グローヴァー家だけが錬金術師ではない」

学院長はそう言うなり、着ているローブの内側に手をやった。取り出したのは、短い剣である。

「精霊王様、娘を頼みます！」

「承知した！」

父がミリエラをドルーの背中に放り投げる。ドルーは、ミリエラを乗せたまま、大きく後ろにジャンプした。

「わわっ！」

いきなり後ろに飛ばれたので、危うく転げ落ちそうになる。

「ミリエラ、心配だろうが、それがしの背中からは下りないでくれ」

「それはまあいいけど……パパ、強いからそんなに心配はしてないよ」

学院長と父は、向かい合って立っていた。ふたりの間で、目に見えない火花が飛び散っているような気がする。先に動いたのは、学院長であった。

「行け！」

学院長が、ローブから取り出した剣を振る。と飛び出してきたのは、燃え盛る炎の矢であった。

（炎の剣……！）

カークがこれを見たらさぞや大喜びだろうけれど、対峙している父のほうはたまったものでではないだろう。顔の前で両手を交差させた父のすぐ前で、炎の矢は壁にぶつかったかのように床に落ちる。矢は、石造りの床を削った。

「パパ！」

「大丈夫だ、問題ない。下がっていなさい」

「負けないで！」

父の身体は、再びマナに包まれている。拳だけじゃない、全身だ。おそらく、先ほどの矢も父がマナで作った壁によって阻まれたのだろう。

「この剣の威力におののいたのか？　なあ、ジェラルド・グローヴァー。お前の発明した魔道具と、この剣、どちらが役に立つのだろうな？」

そう言いつつ、学院長は再び剣を振る。今度飛び出してきたのは、石の塊であった。石だって、当たれば痛い。当たりどころが悪ければ、命を落とすこともある。

今度もまた、父の壁に阻まれた石は、床に落ちて乾いた音を立てた。

（頑張れ、パパ頑張れ！）

胸の前で手を組み合わせ、懸命に父を応援する。

今度は精霊の力を使うのではなく、学院長は切りかかってきた。父は優雅にも見える動作でそれをかわす――と、父の動きが変化した。

「お前の手は読み切った。今度は、こちらの番だ」

勢いよく、父の右手が翻る——と思ったら、学院長の腹に叩きこまれた。拳が腹に食い込む生々しい音に続き、カランと剣が床に転がり落ちる。

「精霊王様！」

父がドルーに向かって呼びかける。

「感謝するぞ、侯爵！」

返したドルーが一気に飛び出した。学院長が剣を拾い上げようとするも、遅い。ダンッと床を跳躍したドルーが、学院長を横から蹴り倒す。

「ちょ——待って、待ってってってば！」

攻撃するのはいいが、上にミリエラがいるのは忘れないでほしい。

重さなどまるでないみたいに軽々と宙に舞い上がった学院長は、そのまま床に落ちた。耳を塞ぎたくなるような、なんとも言えない音がする。

「……生きてる？」

「幼子の前で、殺しはせぬよ」

こわごわとたずねたら、当然のような口調で返されたけれど、それってミリエラの前だったから学院長は命拾いしたということなのだろうか。

「……ドルー？」

「あ、いや、そういうことではないのだよ。精霊王としては、こやつの存在そのものを消滅させたいところなのだが――」

身体を低くし、ミリエラを床に下ろしながら、ドルーはため息をついた。

「恐れながら精霊王様、ここは人の裁きにゆだねていただきたいです。この者が、どうやってこのような品を作り出したかも調べねばなりません」

「わかっておる……人の世の裁きに従うのは当然のことだ」

父の前では納得した様子を見せているけれど、ミリエラは騙されなかった。

ドルーは、父の言う処分では物足りないと思っている！　その証拠に、後ろ足でダンダンッと激しく床を蹴っているではないか。

でも、ここは一歩引き、人の世のことは人に任せるのが一番という姿勢を取ってくれるというのであれば、ミリエラからは言うことはない。

「ふわぁ」

父と一緒にここまで来たはいいけれど、本来ならばベッドの中にいる時間である。思わず大きなあくびが出た。

「……ミリィとは、明日ゆっくり話をしないといけないな」

どこからか取り出したロープで、学院長をぎりぎりと縛り上げながら父がこちらを軽く睨む。

「うぅ……」

夜中にベッドを抜け出し、うろうろとしてしまった。

父からお説教されるのも、多少は覚悟しないといけないだろう。できることなら、少しだけのほうがありがたいけれど。

＊　＊　＊

（……まさか、このような手段に出る者がいたとは）

ジェラルドは、縛り上げた学院長を床に転がし、前髪をかき上げた。

グローヴァー侯爵家が、他の錬金術師からは一目置かれているのはわかっている。

それだからこそ、錬金術を悪用しないよう代々きつく言い渡されてきた。ミリエラにも、その点はきちんと話をしてきたつもりである。

（……しっかりとした娘に育ってくれたのはありがたいのだが）

ミリエラがここまでしっかりと育ったのは、親友夫婦のお陰である。ジェラルドは、五歳になるまでのミリエラとは関わりを持ってこなかったから。

「精霊王様、具現化していて問題ないのですか？」

「もうしばらくの間はな。今回はこの子に救われた——侯爵にも礼を申す」

「やるべきことをしただけです。愚かな人間のした過ちを正すのもまた、人間のやるべきことですから」

「ミリエラをあまり叱ってくれるな。捕らえられたそれがしが悪い」

「叱るのは夜中にベッドを抜け出して、うろうろとしていたことにとどめておきましょう」

くすりと笑えば、ドルーも同じように笑う。

ミリエラは、と言えば、ふたりの会話に割って入ることができないほど眠くなっているらしい。目をこすりながらも、身体が左右に揺れている。

「ミリエラ、それがしにもたれて眠るといい。後始末が終わったら、ジェラルドが家まで運んでくれるであろうよ」

精霊王達がこうやって具現化することができるのは、ミリエラのマナを利用しているからだという。つまり、具現化していればしているだけミリエラにかかる負担も大きくなるのだ。

「……パパ」

手を広げたミリエラが、こちらに近づいてくる。よたよたとしているのは、そろそろ眠気に負けそうだという証拠だ。

「よしよし――よくやったね」

夜中に抜け出してしまったのは問題だが、精霊王を助けることができたのだから、その点は誉めてやらなくてはならない。

広げた腕の中にとことこと入ってきたミリエラは、ジェラルドの胸に顔を埋めた。

「あのね、パパ――ミリィ、パパはすごいって思ったの。銀色のふわふわがとっても綺麗で……」

銀色のふわふわ、とは、ミリエラが自分の目に見えるマナを表現する時の言葉だ。先ほどの錬成分離のことを思い出す。きっとあの時、ミリエラの目にはジェラルドとは違う光景が見えていたのだろう。

（……本当に、いい子に育ってくれた）

学院に体験入学している間にいろいろあったようだが、明らかに今までとは少し変化したように思える。

ここでの経験が楽しいものであったことを、望まずにはいられなかった。

生まれてからずっと、寂しい思いをさせてしまったこと。ミリエラの世界を狭めてしまったことを、今はこんなにも強く後悔しているから。

「……そなたは始末があるのだろう？　それまでの間、ミリエラはそれがしが預かろう。これでも、なかなか寝心地がいい環境を提供できると思っているのだ」

鼻をひくひくとうごめかしながら、ドルーは言う。というか、ミリエラを寄りかからせたくてしかたないらしい。

「お願いしても、よろしいでしょうか」

「ああ、任された」

なぜ、ミリエラが精霊のいとし子としてこの世に生を受けたのかはわからないけれど、こうして、愛されているのならきっと幸せだろう。

五歳の誕生日を過ぎるまでの間、ジェラルドはミリエラに愛を与えてやれなかったから。

「ジェラルドよ、それがし思うのだが――ミリエラはたいしたものだな」

「はい、私もそう思います」

ドルーの身体に埋もれるようにして、ミリエラはすやすやと眠ってしまっている。この小さな身体で、精霊王を解放するために立ち向かった。

すぐに侯爵家に戻ってくるという状況判断も適切だった。

たいしたものだとジェラルドも思う――だからこそ、ミリエラの力は慎重に扱わなくてはならない。

＊　＊　＊

翌朝、目を覚ました時には大騒ぎであった。

「ミリエラ様がいないのに気づかないなんて……私、家庭教師失格です……！」

朝一番で、ミリエラが屋敷に戻っていると聞かされたユカ先生は、大急ぎでこちらに戻ってきた。ミリエラが出て行った時ぐっすりだったのを、非常に申し訳なく思っているらしい。

「そんなことはない。先生は非常によくやってくださった。悪いのはミリエラです」

「侯爵様、違うよ、俺が悪いんだって！」

「それなら僕も！」

泣き崩れているユカ先生の前で、カークもディートハルトも必死だった。もちろん、ミリエラも。

「あのね、先生。ミリィ勝手に出ていったから！　先生が起きないようにものすごく気を使ったから！　だから、先生が起きなくてもしかたがないの！」

ここでユカ先生に辞められてしまっては、困る。だって、こんなにいい家庭教師を見つけるのは難しい。

「……やめないで、先生。ごめんなさい、ミリィすごく反省してるの」

懸命に言うけれど、それでもユカ先生を納得させることはできなかった。どうしよう、と思っていたら、ミリエラの耳に優しい声が届く。

『わたくしを呼んで』

「……ディーネ」

小さな声で呼んだら、部屋の中をすぅっとした空気が通り抜けた。ユカ先生の前に、ディーネが姿を見せる。

「ごめんなさいね。あなたは悪くないの。私の眷属が、あなたが起きないように動いていたから——許してくださる？」

「え？　え？」

いきなり目の前に登場した謎の美女に、ユカ先生の涙は一気に引っ込んだ様子だ。顔を上げ、ミリエラとディーネの顔を交互に見つめている。

「自己紹介がまだだったわね。わたくしは、ディーネ。水の精霊王ディーネよ。わたくしの眷属は、穏やかな眠りを運ぶこともできるの」

「精霊王様が……？」

「ええ、だからあなたの責任ではないの。わたくしの意志があってのこと――許しては、もらえないかしら？」

「ゆ、許すだなんて、とんでもない！　精霊王様のご意志でしたら……」

先ほどまであれほど責任を感じていたユカ先生も、精霊王の意志によって強制的に眠らされていたのだと知らされて、いくぶん安堵した様子だった。

「そ、それなら……喜んで続けさせていただきます」

「よかった。私も、ユカ先生に辞めてほしいわけではなかったから」

父もユカ先生がとどまってくれると知って、ほっとした様子だった。

しかし、なぜ、ディーネはユカ先生を眠らせることができたのだろう。あの時、精霊達は活動を思いきり阻まれていたはずなのに。

ふわりと空中を漂い、ミリエラの側に寄ってきたディーネは、上半身をかがめた。そして、ミリエラの耳元でささやく。

「貸しひとつね」

「……嘘ぉ」

姿を見せた時同様、ふわりと姿を消したディーネに、思わずミリエラはつぶやいた。

どうやら父とミリエラではユカ先生を納得させられないと見て取って、ディーネが助け船を出してくれたらしい。それはありがたいのだけれど、「貸しひとつ」が少し怖い。三倍返しを期待されていたらどうしよう。

「……あ、迎えが来た」

ソファに座っていたディートハルトが、勢いよく飛び降りた。どうやら、王宮から迎えが来たらしい。

「じゃあね、またあとで。スティラ嬢、一緒に行こう。公爵は王宮で待っているそうだから」

「は、はい、殿下！」

ディートハルトに手を差し出され、明らかにスティラの頬は赤くなっている。

彼女が身に着けているのは、先ほど公爵家から届けられたドレスである。これから王宮に行き、国王夫妻の前で話をするらしい。

「ミリィもカークも王宮に行くから」

「待ってる」

ディートハルトに手を振ったら、横から突っ込みが入った。

「ミリエラ様、『ミリィ』ではありません。『私』です」

「はい、先生」

立ち直ったユカ先生が、ちゃんと注意してくれるのはありがたい。真夜中の冒険はほどほどにしようと、固く決意した。


ディートハルト達から遅れること三十分。ミリエラは王宮にいた。

こうやって、王宮を訪れる回数は何度目になるのかもうわからない。近づかないつもりでいたのに、なんだかんだでしばしば訪問している。

国王夫妻と謁見するのは、内密に話すための部屋だという。それもそうだろうと納得する。今回の事件、あまり公にはしたくないだろうから。

「ミリエラ嬢、また、世話になってしまったな」

「……そういうのは、別にいいんですけど」

ミリエラの言葉に、国王は苦笑した。今回は当事者だけなので、ライナスはこの場にはいない。

「でも、ミリィ――ミリエラ嬢がいなかったら、解決しなかったのは事実だから」

「それなら、ディー……ディートハルト殿下もすごかった。あんな形で鍵を開けるとは思わなかったです」

「あれは、本当はまだやっちゃいけないんだよね」

困ったような顔をして、ディートハルトは頭に手をやる。

ディートハルトもミリエラも、まだ、正式に錬金術を学び始めたわけではない。父のところで、修業をする準備をしているだけ。

「でも、できると思ったんだ。侯爵が錬成するのを見る機会は多かったから」

父の錬成を見るだけで、マナで魔道具に働きかけることができたというのか。ディートハルトの才能には、恐ろしいものがある。

（これは、私もうかうかしていられないかも……！）

「殿下のおっしゃる通りです。私が許可を出すまで、二度とやらないようにお願いします」

「はい、先生」

今回はたまたまうまくいったけれど、マナが暴走する可能性もあった。父の言うこともももっともである――と、父は話題を変えた。

「ところで、学院長はなぜあのような手段に出たのです？」

「それなのだがな。錬金術師としての才能に限界を感じたから、というところらしい」

学院長は、錬金術師としてはかなり高名だったのだという。いくつもの貴重な魔道具を作ってきた。

だが、昨年、父が錬金術師の世界に復活してから、状況は大きく変わってしまった。グローヴァー侯爵家の新たな発明品は、すべてヒット。大いに焦っていたようだ。

あれらを発明したのは父ではなくミリエラなのだが、学院長はどうやら父が発明したと思っていたらしい。ミリエラの名を上げるための策だと思っていたのだとか。

グローヴァー侯爵家に負けない発明を――と考えた結果が、精霊を閉じ込め、精霊のマナを抽出して別のことに使うという技術だったのだから驚きである。

「陛下、ひとついいですか？」

ミリエラは手を挙げた。精霊のマナを抽出して、なにに使っていたのだろう。

その他にも、いくつかの疑問がある。

「あの人、精霊眼の持ち主なんですか？」

精霊を見ることのできる特別な目。それを持っているのは、今ではミリエラぐらいだと思っていた。だから、精霊王達もミリエラを愛してくれているのだし。

けれど、あの人は土の精霊王と契約はできなかったにしても、捕らえることには成功していた。どうやって、捕らえたのだろう。

「いや、違う。精霊を見ることのできる魔道具を発明したそうだ」

原理についてはこれから解明するのだが、まずは精霊を見ることのできる魔道具を作った。

もっとも、その魔道具で見ることのできる精霊というのは、強力な力を持つものだけ。

精霊王クラスの強力な精霊なら見ることができても、眷属の精霊達は見えないそうだ。学院長は、認識することのできた精霊を捕らえた。それがドルーだったということらしい。

「……なるほど」

顎に手を当てた父はうなずいている。父は、そう言った発明はしようと思わなかったのだろうか。

「陛下、よろしければ地下の装置を調べても？　なにかわかるかもしれません」

「頼む。まさか、精霊王を捕らえるだなんて暴挙に出るとは思ってもいなかったものだから」

学院長の発明は、国王にとっても頭の痛いものらしかった。精霊を見ることができる人が増えるのはいいことかもしれないけれど、あの学院長のような使い方をされるのでは困ってしまう。

「……それなら、あの人は精霊のマナでなにをしようとしていたの？」

「子供の前では言いにくいのだが——強力な武器だ」

「戦争に使えるみたいな？」

ぐいと切り込んだミリエラの言葉に、王はしぶしぶとうなずいた。たしかに父と戦っていた時も、妙な剣を持っていたし。

（……とんでもない話だわ！）

精霊と人間は協調して生きていくものであって、精霊のマナをそんな風に使うなんて信じられない。

「ねえ、陛下。あの人に会うことはできますか？」

学院長、とはもう呼べない。錬金術師としても、教師としても失格だ。

ミリエラの決意を固めた表情に、大人達はなにも言えなくなってしまったようだった。

「……ここに呼ぼう」

ミリエラの意見を汲んでくれた国王は、学院長をこの場に連れてくるよう兵士に告げる。ミリエラは、椅子に座り、ふんっ、と鼻を鳴らした。

精霊の力を、武器に利用しようなんてとんでもない話だ。これは、一言言ってやらなくては。

——それに。

（そんな発明をしようなんて人間が、パパと同じ錬金術師だなんて許せないもの）

牢に入れられるとかするだろうから、錬金術に関わることはもうできないだろう。

だとしても、その前にきちんと現実は見てもらわなければならない。

やがてやってきた学院長は、最後に見かけた時とは違う粗末な衣服に身を包んでいた。おそらく、罪を犯した者に着せられる衣類なのだろう。

「——グローヴァー侯爵」

父を見かけたとたん、学院長は嫌そうに顔をそむけた。

「ねえ、ミリィ、あなたに言わないといけないことがあるんだけど」

「なんだ？」

ミリエラのことは気にしなくていいと思ったのだろうか。この問いかけには素直に応じる。それが間違いということも気づかずに。

「精霊を見ることのできる道具を作ることができるのでしょう？」

「そうだ。グローヴァー家の者にも、そんな魔道具を作ることはできまい」

「そうね。ミリィは作ろうと思ったことはないもの——来て、土の精霊王ドルー！」

ミリエラの要請に応じて姿を見せたのは、大きな茶色の兎。ミリエラの隣に並び、学院長に向かって身体を低くする。

「この子、あなたが捕まえていた精霊。あなたは捕まえただけだけど、ミリィは契約することができたの。精霊を利用しようとする人の前には、精霊は姿を見せないのよ。ましてや、契約なんて」

「なっ……」

学院長は、大きく目を見開いた。

あの時、柱の中に捕らえられていた土の精霊王は、丸い玉のようなものだった。

けれど、ミリエラと契約した今、ドルーは自らが望んだ形をとっている。なぜ、兎を選択したのかは、ドルーに聞いてみないとわからない。

「来て、風の精霊王エリアス！」

次に呼んだのは、最初に契約した精霊王エリアス。

長毛種の猫のような姿をした精霊王は、現れるなり尾を揺らした。

抜け駆けをしたらしく、他の精霊王達にはその点をつつかれているけれど、ミリエラにとっては父との仲の修復に一役買ってくれた大切な存在だ。

「来て、火の精霊王フィアン！」

すらりとした羽根が美しい真っ赤な鳥が姿を見せる。頭を振ると、頭の冠羽がその動きに合わせて揺れた。

ちょっぴり気位の高い炎の精霊王。ミリエラ達に、温かな時間をくれた大切な存在。案外面倒見がよくて、幼いライナスも彼女のことが大好きだ。

「それから、水の精霊王ディーネ！」

優雅な仕草で空中に現れた、美しい女性。彼女のドレスは、人魚の尾びれのように広がっている。

ミリエラを抱きしめることを選んだ彼女は、人に近い姿をとった。その包容力に助けられたのはミリエラだけじゃない。

四体の精霊王達が、ミリエラを囲むように立つ。

（……この人には、きっとこうでもしないと伝わらないから）

自分の力を、こうやって誇示するような真似はしないほうがいいと思っている。

それは、人は自分と違う力を恐れるものだから。

実際、精霊王達の持つ独特の雰囲気に、この場に居合わせた大人達は顔色を変えている。

「……あなたは、錬金術師として失格だと思う。錬金術は、精霊の力を借りて、皆を幸せにするものでなくちゃ」

「幼い子供のほうが、道理をよくわかっておるな」

とつぶやいたエリアスは、そっとミリエラに寄り添う。

「人間の王よ、こいつの処分はどうするつもりなのだ？」

「牢に幽閉するつもりでおりますが……」

さすがに精霊王が四体も揃うと、国王の目にもまぶしく見えるらしい。目を細めながら、そう言った。

「ぬるいな」

「ぬるい……ですと？」

ぬるい、と言ったフィアンの言葉に、国王は得心がいっていない様子だ。ドルーがとん、と脚で学院長をつついた。

「この者、錬金釜がなくとも錬成ができるところまで錬金術を深めておる。そのような場合、どうするのだ？」

「そ、それは……マナを封じる魔道具がありますので」

「ぬるい。そのようなもの、この男ならすぐに外してしまうだろう——それがしは、この者の錬金術をすぐ側で見てきたからよく知っている」

ドルーの言葉に、ミリエラはがっかりしてしまった。

せっかくそれだけの腕を持っているのに、精霊を捕らえて私利私欲を満たすほうにいってしまったなんて。

「ドルー、あなたの好きなようにしたらいいのではないかしら？　人間の法では幽閉だけれど、わたくし達からも罰はあたえておかないと」

と、柔らかな腕の中にミリエラを抱え込みながらディーネ。大人数が集結している部屋の中は、大渋滞である。

「そうだな。人としての罪は人の法で裁いてもらおう。それがしからの罰はこれだ」

前脚を上げたかと思ったら、ドルーは学院長の胸を押した。うっと唸った学院長は、一瞬身体をふたつ折りにする。

「なっ……なんだ、私のマナが」

「マナを流す経路を塞がせてもらった。ミリエラなら治療できるのであろう？」

「できるけど、遠慮しとく」

グローヴァー侯爵家が復活したと皆に知られる要因となったのは、ミリエラが発明した治療着である。マナを持っていないとされた人達も、マナの経路を開きさえすれば、多かれ少なかれマナを使うことができるようになる。

その経路を、ドルーは塞いでしまったそうだ。

「わ、私のマナが……精霊王様、お許しください！」

慌てて謝罪したところで、もう遅い。

「精霊王様、この度は、我が国の者が大変申し訳ないことをいたしました。人の法でも、罪はきちんと償わせます」

「そうしてくれ。それがしからの罰も与えた今、こちらから言うべきことはなにもない」

と、きりっとしているけれど、ドルーはどう見ても兎である。ふわふわした愛らしい雰囲気と、厳《いか》めしい言葉遣いのギャップを埋めることは、ミリエラには難しそうだ。

「侯爵令嬢、娘を救ってくれたこと、心から感謝申し上げる」

ミリエラにそう話しかけてきたのは、スティラの父であるトレイシー公爵であった。スティラとよく似ている。

「公爵様、気にしないでください。ミリィ、できることをしただけだから」

「ミリエラ嬢、『ミリィ』じゃなくて、『私』でしょう？」

こんな時なのに、公爵の横にいたスティラから、突っ込みが入る。

「こ、こら、スティラ！」

「あのねえ、スティラ嬢。ミリィ、気を付けてるんだけど、なかなか直らないの。気がついたら、教えてくれる？」

「今また言ったわ！」

スティラはミリエラに指を突き付け、それを見た大人達が笑う。どうやら物事は、おさまるべきところにおさまったらしい。

こうして、精霊王を捕らえた者は、厳罰に処されることになったわけである。

第八章　ずっとずっといつまでも、天才幼女錬金術師は幸せです

大騒ぎだった体験入学は、こうしてようやく終わりを迎えることになった。それと共に、ミリエラ達の王都滞在も終了である。

ニコラとはずっと会えていないから、ものすごく彼女が恋しい。しばらく会っていないニーナは、大きくなっているはずだ。

「ねえ、パパ。雪は大丈夫なの？」

「今は道も安定しているし、雪の予報も出ていないからね。戻るなら今のうちだ――早く、領地に戻りたいよ」

父がぐったりしているのは、このところ魔道具の修理にたくさん時間を使っていたことと、王立学院でのトラブルのせいだろう。それについては、ミリエラにもちょっぴり責任があるので、申し訳ないと思う。

魔道具で行う天気予報は、かなり正確なのだとか。領地に着くまでの間は、ぎりぎり好天が続きそうだ。

明日には出発できるというから、今からそわそわしてしまう。ミリエラの荷物はもうほとんど詰めてあるから、やることも今はない。

（……早くニコラとニーナに会いたいな）

カークがニコラと連絡を取るのに便乗させてもらって少しお喋りしたけれど、ニーナはますます可愛くなってきたそうだ。

（やっぱり、テレビ電話を発明すべきだわ……！）

映像を遠くまで送るのは、大変なのだ。音声だけでもけっこう大変。それもあって、ディートハルトとライナスに送った腕輪は、音声だけのものになってしまった。

ニーナの成長を見逃してしまったのが残念だ。近いうちに、テレビ電話を発明してやろうと思う――こうして、やるべきこととやりたいことがどんどん増えていく。

「それよりも、出来上がったものがあるんだ。試してみるかい？」

「出来上がったもの……？」

父に連れられ、屋敷の玄関から外に出てみる。そこにとまっていたのは、一台の馬車であった。茶色の車体には、金で装飾が施されていて可愛らしい。

「わあ、できたんだ？」

「できたよ。とはいえ、これを多数作るのは難しいかな――ミリィ達が学院に行っている間、退屈しないですんだのはよかったが」

父の視線の先にあるのは、ミリエラが考えた馬の負担と揺れを軽減してくれる馬車である。

一応完成させることはできたのだが、材料費がものすごいことになってしまったというのは聞いている。

まず、馬車の本体。これは、アイアンウッドと呼ばれる、乾燥させると鉄と同じぐらい硬くなる特別な木が使われている。

箱型に作られている乗車部分も、同じ木で作られているのだ。

ただ、この木、乾燥させてからだと細工するのがものすごく大変である。そのため、必要な形に加工してから、魔道具を使って慎重に乾燥させなければならない。

この段階で、普通の馬車に使われる材木より、十倍近い高値がついている。

そして、乗車部分を浮かせるための細工をするのに必要な魔石は、海に暮らす魔物の魔石であった。オオモリクラゲと呼ばれる巨大なクラゲの魔石。このクラゲは、馬車より大きなサイズで、討伐するのにとても苦労するらしい。

それからスカイドラゴンの魔石。こちらもまた、狩るのが非常に困難な魔物だ。なにしろ、普段は空で生活している。三か月に一度、一週間ほどまとめて睡眠をとる時だけ地上に降りてくるという魔物なのだ。

オオモリクラゲの魔石と、スカイドラゴンの魔石、他いくつかの魔物の魔石を溶液で混ぜたものを、銀と共に錬成する。

これで乗車部を浮かせるための素材は完成するのだけれど、素材だけで、王都で屋敷が一軒買えてしまうレベルの金額になるそうだ。

「……そうね、パパ。いろいろな人に使ってもらうのは難しそうね……」

「完成したら、王家には、一台献上することになると思うんだ」

「パパ、しばらく試作中ってことにならないかしら」

ミリエラは渋い表情になった。

今回、国王夫妻にはめられて王立学院に行くことになってしまった。

快適に旅をすることができるであろう馬車を、すぐに献上するのは気が進まない。国内あちこち行かねばならない国王夫妻は、体の負担を軽減したいであろうこともわかってはいるけれど、嫌なものは嫌なのだ。いい出会いもあったけれど、

「献上するには、まだ時間がかかると思うよ。耐久性のテストも終わっていないし——それに、マナの問題も解決できていないから」

動力源である魔石にはあらかじめマナを注いでおく。スイッチを起動すると、客室部分が浮き上がり、切ると下に降りる。これは、乗り降りを楽にするため。

また、魔石に残されているマナが少なくなってくると、ゆっくりと下に降りてくる。わざわざ車輪付きの荷台を用意しているのは、完全にマナが尽きた場合には、普通の馬車としても使えるように工夫されているからだ。

(そうね、マナの問題があった……私とパパが使うなら問題ないんだろうけど)

魔石に注ぐマナが大量に必要になるというのが問題なのだ。

ミリエラも父もマナは豊富なほうだから、ふたりが乗っている限り、この馬車を動かすだけのマナが足りなくなるということはない。

けれど、一般の人はそこまでマナが多くないから、途中でマナが尽きてしまう可能性も否定はできない。

（そうね、大いに改良の余地がありそうね……）

今のところ、大々的に売り出すつもりはないからいいけれど──王家については、もう少し考えることにしよう。

「あれ、パパ。お客様が来る予定なんてあったっけ？」

遠くのほうから、近づいてくる音がする。これはもう、門の中まで入ってきているようだ。

「いや、なかったが──」

試作馬車を見ていた父は、顎に手を当てた。歓迎できるお客様ではないのかもしれない。

自分は、部屋の中に戻っていたほうがいいだろうか。戻ろうとしたミリエラを、父は手で招いた。

「侯爵様！　王家の馬車が向かってきています！」

カークが飛び出してきた。

王家の人なら、ちゃんと先ぶれを出せばよさそうなものなのに。近づいてきた馬車は、ミリエラと父の目の前で停止した。

「悪いな、ジェラルド。今日納品だと聞いていたのでな」

「……素敵な馬車を作ったのですって？」

と、真っ先に国王夫妻が降りてくる。ミリエラはしかめっ面になった。

この人達、いつの間にかどんどん自由になっている。

父がため息をついたので、ミリエラは前に出た。ここは、ミリエラが先に立とう。子供の発言だし、許してもらえると思う。許してもらえなくても、いいけれど。

「陛下、先ぶれを出さないのはマナー違反だと学院で習いました。国王陛下は、先ぶれを出さなくてもいいんですか？」

王族の願いを受けて行った先で学んだマナーで、ちくりと反撃してやる。国王も王妃も気まずそうな表情になった。やっぱり、わかってやっている。

（ディーとライのご両親だから、許してもいいけど）

と、あとからそのディートハルトとライナスも降りてくる。

「侯爵、ごめんなさい。ちゃんと使者を出そうって父上には言ったんだけど」

申し訳なさそうな表情で、ディートハルトは父に謝罪の言葉を述べた。それを聞いた国王夫妻は、「うぅ」と唸ってしまった。

（この国、大丈夫かしら）

国王夫妻がこんな状態で、この国は大丈夫なのだろうか。いっそ、ディートハルトに簒奪《さんだつ》させてしまおうか。ディートハルトなら、きっといい王様になるだろうし。

と、ミリエラが物騒なことを考えていたら、ライナスは、新しい馬車を見るなり目を輝かせた。

「カッコいい馬車！」

「……本当にそう思ってる？」

デザイン面では、まだ改良の余地があると思うのだ。なにしろ、荷車の上に箱を乗せた形だ。一般的な格好のいい馬車とは言えないと思う。

「思ってるよ、ミリィ！　乗ってもいい？」

わくわくとした様子で身を乗り出されたら、駄目なんて言うことができるはずない。でも、国王までわくわくした顔をしているのは、面白くないったら、面白くない。

「すまないな、試乗させてもらえないか」

「駄目です」

さっさと国王が馬車のほうに行こうとするので、ミリエラは前に立ちふさがった。

まだ、ミリエラも父も乗っていないのに、なぜ、国王を先に乗せねばならぬ。

「まだ、パパもミリィも乗っていないので、安全性が確認できていないから駄目です。それに、陛下は先ぶれを出さないマナー違反だからもっと駄目」

「な、なかなかミリエラ嬢は厳しいな……」

国王は顔をひきつらせた。

この国の国王だからとか、父の友人だから――父がそう思っているかどうかはわからないけれど――と言って、安易に押しかけられてきても困る。

「駄目?」

「ディーとライはいいよ。でも、先にパパとミリィが安全確認をしてからね」

ミリエラが学院に行っている間に、父は馬車を完成させてくれた。安全面の確認も事前にできているだろうけれど、いきなり王族を乗せるわけにもいかない。

「カークも乗ってみる?」

「待ってる」

カークはこの屋敷の住人だからたずねてみたけれど、王子達より先にというのは気が引けるらしく、遠慮されてしまった。

「パパ、ミリィ先に乗るね!」

「わかった。では、頼むよ」

「承知しました」

御者が父に返事をするのを聞きながら、ミリエラは座席に乗り込んだ。車内はミリエラの趣味を反映していて、茶色を基調に仕立ててある。座席に置かれているクッションはピンクとベージュ。可愛らしい雰囲気だ。

（うん、座り心地は悪くない）

座席は広々、ゆったりとしている。それに、椅子の座り心地も最高だ。後ろは広く取られていて、座席は完全に倒せるようにしてある。前世で見た、フルフラットシートの真似だ。

窓から外を見てみれば、国王は物欲しそうな顔をして眺めている。乗りたがっているのだろうが、乗せてやらない。

父は馬車の周囲をぐるりと一周して確認し、それから、ミリエラに続いて乗り込んできた。

「起動してくれ」

御者台にいる御者に命じれば、ゆっくりと乗車部が上昇する。

「おおおおおおおおおー」

「本当に浮くんだ？」

ライナスがびっくりしたように目を見開き、ついでに口もぽかんと開いてしまう。ディートハルトは乗車部が本当に浮くとは思っていなかったらしく、驚きの表情だ。

「そりゃそうだろ。ミリィと侯爵様が共同で作った馬車だからな！」

と、この馬車の開発にはかかわっていないのに、なぜか得意げなカーク。ミリエラは、彼らの顔を見下ろした。

（……浮いてる）

馬車に乗り込んだ時よりも、視線の位置が明らかに高くなっている。

「じゃあ、出発するよ」

父が合図をすると、馬車はゆっくりと動き始めた。普段なら伝わってくる振動が、かなり軽減されている。やはり、宙に浮き上がっているからだろう。

「まったく揺れないというわけにはいかないか」

「車体と繋いでいる部分があるからね――パパ、そこに緩衝材みたいなものを入れたらどうかしら」

「試してみたんだが、半端なものを緩衝材に使ってしまうと、逆に揺れがひどく感じられるんだ」

この点については、まだまだ改良が必要なようだが、現状でもこの馬車ならとても楽だ。座席を完全に平らにしたら、ニーナを寝かせたまま連れてこられるかもしれない。

「でも、揺れは減ってるよね？」

「軽減はされているな。あと、馬にかかる負担も少なくなっているだろう。荷物が軽くなっているからね」

客室が空中に浮いている分、馬の負担も少なくできるだろう。

地面のでこぼこもぬかるみも、荷物が軽ければ軽々と超えていけるはず。

「これなら、王都への往復も楽になるかな？」

「そうだね。ミリィが眠っている間に王都についてしまうかもしれないな」

向かいの席に座った父が微笑む。ミリエラは、胸がぽかぽかしてくるのを覚えた。

（やっぱり、パパはすごい）

ミリエラよりずっと長く錬金術師としての仕事をしてきた父は、知識量がミリエラとはまったく違う。ミリエラならいちいち事典を調べなくてはならないような事柄も、父は頭の中に入っているのだ。

この馬車だって、父の協力がなければここまで来ることはできなかった。

「しばらく、王都までの往復にはこの馬車を使うことにしよう。長距離を移動することによって見えてくることもあるかもしれないからね」

「うん！」

敷地の中を一周してきたところで、馬車は停止する。乗車部が下りるのを待って、父は下車した。

入れ替わるように、ディートハルトとカークが乗り込んでくる。ふたりとも、見ていて早く乗りたかったらしく、先を争うようにして乗り込んできた。

「待って、兄上！」

身体の小さなライナスはひとりで乗れなかったらしい。手を伸ばしているライナスの身体をひょいと持ち上げたのは父だった。

「殿下、お気を付けてください。座席に座ったら、立ってはいけませんよ」

「わかっている。母上も、いっつも同じことを言うんだ。僕は、そこまで子供じゃないのに」

と、頬を膨らませている様は、完璧に子供。ミリエラの正面に座ったライナスは、待ちきれないように足をバタバタとさせている。

「同じように敷地を一周してきてくれ」

「かしこまりました」

父が、御者に声をかけるのが聞こえてくる。

再び乗車部が上昇する。ライナスはますます目を丸くした。

「揺れない、すごい！　飛んでいるみたい！」

ミリエラからするとまだ揺れを抑えられるだろうと思うけれど、ライナスにとってはこれでも十分なようだ。

ディートハルトはなにをしているのかと思えば、膝の上にノートを広げ、ペンでなにやら書き付けている。

「これなら、字を書くこともできる。移動中も勉強時間に当てることができるね」

「なんで、移動時間にまで勉強しないといけないんだよー」

カークがあきれたような声をあげた。ディートハルトは、こんな時でも勉強しようというのか。たぶん、王族としての教育の他に、錬金術師としての修業もあるからだろう。

まだ、本格的な修業は始めていないけれど、春あたりには父の正式な弟子となって、本格的に錬金術の勉強を始める気がする。

そうなったら、侯爵邸で過ごす時間はますます長くなる。こういう隙間時間でも勉強をすることが必要になってくるのかもしれない。

「この馬車、僕にも作れる？」

「うーん、ミリィもまだ作れないの。ライも、いっぱい勉強したら作れるんじゃないかな」

「そっか。勉強するよ！」

ライナスも錬金術に興味を持ち始めている。

もしかしたら、彼も立派な錬金術師になるのかも。なんて考えてしまうのは、錬金術を学ぶ人がもっと増えればいいというミリエラの勝手な願いなのかもしれない。

「僕ももっと勉強しなくちゃ。こんな手があるとは思ってもいなかったから」

「ディーにはこの馬車貸してあげる！　ライに会いに行く時使えばいいよ！」

侯爵家の馬車ではあるが、ディートハルトがライナスに会いに行くというのであれば、貸してもいい。しばらく王家には献上しないけれど、ディートハルトには一台作ってあげてもいいかも。

帰ったら父と、ディートハルトの側仕えのギルヴィルと相談しなければ。

大騒ぎをしながら敷地内をもう一周したところで、国王夫妻が待ちかねたように馬車に近づいてきた。

「どうだった？」

「最高だった！」

わくわくした様子を隠せずにライナスに問う国王の顔は、完璧な父親のものであった。同じ表情をディートハルトにも向けている。

「そうか、では一周させてもらってもいいか？」

「それは、構いませんが」

父の言葉を待ちかねたように、国王夫妻は乗り込んだ。ライナスはどうするのかと思っていたら、この場に残るらしい。いってらっしゃい、と国王夫妻に手を振っている。

「侯爵、僕も弟子にして！　あの馬車、作りたい！」

目をキラキラとさせているライナスの様子は、とても愛らしかった。

「殿下、まだ、錬金術の勉強を始めるには早いです。読み書きと、昔の言葉の読み書きをできるようにならなければいけません。錬金術の本には、昔の言葉で書かれているものもたくさんありますからね」

「ミリィは読める？」

「はい。今の言葉も、もう大人の言葉が読めますし、使えます。昔の言葉も使えますね……私が教えたわけではないのですが」

ふーんとライナスは不思議そうな顔になった。

父が申し訳なさそうな顔をしているのは、たぶん、ミリエラが文字の読み書きをできるようになったのは、父と離れて暮らしていた間のことだからだろう。

前世の記憶がよみがえってから、勝手に書棚の本をあさって読みつくしていたので、父のせいというだけではないのだけれど。

「兄上は？」

「ディートハルト殿下も読めますよ。私に弟子にしてほしいと言う前に、学んでいらっしゃいました」

「……わかった。頑張って、勉強する！」

ぐっと拳を握りしめている様子は、子供ながらに決意を固めたからのようだ。

「ジェラルド。この馬車、もう一台作ってもらえないだろうか。あとで見積もりを送ってくれ」

うきうきした様子で馬車を下りてきた国王は、父に向かって言った。先に答えたのはミリエラだった。

「駄目！」

「な、なぜだ？」

「まだ、長距離使ったらどうなるかの検証が終わってないからでーす。安全が確認できていないものを、陛下に納品するのは駄目でーす」

なんて口にしたものの、実のところ安全性については確信を持っている。この馬車なら、今すぐ納品してもきっと問題ない。

王宮に勤めている錬金術師達ならメンテナンスもできるだろうし、マナの点についても、マナの豊富な人が王宮にはたくさんいるのだから解決できる。材料費だって、国王ならばポンと出せるであろうことはわかっている。でも、嫌なものは嫌なのだ。

「……検証が終わっていないか」

「しばらく遠出の予定はないわ。近場用に今のものを作ってもらうわけにはいかないかしら」

と、ここから余計な口を挟んできたのは王妃である。

ミリエラはしかめっ面になった。

学院に入ることになって、父と離れた生活を送らなければならなかったのは、王妃が余計な口を挟んだからである。

それが、ドルーの解放に繋がり、結果としていい方向に向かうことにはなったけれど、それはあくまでも偶然の産物。

「材料がありませんから無理ですね。この馬車は、グローヴァー領へ往復に耐えられるかの検証に使わなければなりませんし」

にこやかに父が口を挟んできた。たしかに、材料もないのだった。なにしろ、馬車一台分のオオモリクラゲとスカイドラゴンの魔石である。その他の材料も、高価なものが多かった。

「……無理？」

「数年はお待ちいただくことになるかと」

と、とどめを刺す。その表情で、ミリエラはなんとなく理解してしまった。

（パパも、ちょっぴり意地悪してる……！）

離れて暮らさなければならなかったのは、父も寂しかったに違いない。どうやら、国王夫妻にちょっとしたお返しをしているようだ。

（いずれは、献上か納品することになるんだろうけれど）

ライナスがグローヴァー領を訪れる時には使ってもらいたいから、いずれ一台は渡そう。父もたぶん、そのあたりのことは織り込みずみだ。

「駄目かな？」

ひそひそとライナスがささやいてくる。ミリエラはディートハルトとカークも手招きした。

「次にライがグローヴァー領に来る時までに安全確認ができていたら、ミリィ、この馬車を王都に送るよ。ライはそれに乗ればいい」

国王夫妻も同乗するだろうけれど、そこは我慢しておく。

大人達の思惑はどうであれ、子供達は仲良くしていきたいのだ。それがミリエラの嘘偽りのない気持ちであった。

新しい馬車も無事に完成し、明日には領地に戻る。

ディートハルトは今頃、ライナスとゆっくり過ごしているだろうか。

学院から戻ってきたユカ先生とカークと三人で勉強をしていたら、誰かやってきた気配がした。窓から外を見てみれば、使いの者が来ているようだ。

（……うん、本来はちゃんと先にお使いを出すべきなのよね）

と、窓から見下ろして思ったのは、先日約束もなしにいきなりやってきた国王陛下と比較してのこと。あまり父に無理難題を押し付けるようなら、今度ちくりと言ってやろうと思う。

使いが公爵家からの者であったと知ったのは、午後になってからだった。

ミリエラのところへ、スティラが来たのだ。なにやらたくさんの品が入っているらしい籠《かご》を持参していた。

「……スティラ嬢、どうしたの？」

「そ、その……先日のお礼よ。私を助けてくれたのに、まだちゃんとお礼をしていなかったから」

いくぶん気まずそうにしているが、ミリエラを見る目は学院で顔を合わせた時とはだいぶ変わって穏やかなものだ。

ふたりで話をしたいという申し出だったから、応接間に通して向かい合って座る。

「お礼なんて、別にいいのに。なんだか、巻き込んだみたいになってしまったし」

「あなた、心が広いのね」

ミリエラは首を傾げた。特に心が広いつもりはない。

実際、国王夫妻にはかなり意地悪をしていると思う。馬車の献上を断ったりとか、マナーについて言ってみたりとか。

「私を助ける必要はなかったのよ？」

「そういうわけにはいかないんじゃないかなー、あそこでスティラ嬢を見捨てて逃げたら、きっとミリィは自分のことを許せなかったと思うよ」

もしかしたら、そういう選択をする必要がそのうち出てくるかもしれない。けれど、あの時はスティラをひとり取り残して逃げるつもりもなかった。

「あのね、肝試しのことをカークに教えたの、うちの兄だったの」

「お兄さんいたんだ？」

スティラに兄がいたとは初耳だ。

（……そう言えば、ユカ先生がそのあたりもしっかり勉強しておきなさいって言ってたな）

ユカ先生によれば、どこの家にどんな人間がいるのか覚えておくのは貴族として必須。特に、有力貴族の家系については頭に入れておくべきだということであった。

今回の体験入学の前にもある程度のことは教わっていたはずなのだが、完璧に頭から抜け落ちている。

「我が兄ながら、愚かで嫌になってしまうわ。殿下達に近いカークが目障りだったみたいなの。

カークが出歩いているって、元学院長に密告していたらしくて」

と、頬に手を当てたスティラを見て、ミリエラは目を丸くしてしまった。

この言葉遣い、本当に九歳なのだろうか。ミリエラよりよほど語彙が豊富な気がする。

「謝罪は必要よ、ミリエラ・グローヴァー嬢。今回は、私を助けてくれてありがとう。それから、愚かな兄が申し訳ありませんでした」

「スティラ嬢、顔を上げてくださいな」

ミリエラも、いつもの幼児モードはやめた。相手は、ミリエラを一人前の淑女として扱っているのだ。ならば、ミリエラも相手に相応に返すのがマナー。

「お気持ちはよくわかりました。私は、あなたの謝罪を受け入れます。父も、同じように言うことでしょう」

「侯爵には、父から改めて謝罪を。それと、謝罪にうかがうのが遅くなってしまって――こちらを受け取ってくださる？」

スティラみずから抱えてきた大きな籠。やけにずっしりしているな、とは思っていたのだが、まさか、謝罪の品だったとは。

「ええと、その、これ……本当に受け取ってしまってよろしいのですか？」

籠の中身を見たミリエラは仰天した。中に入っていたのは、錬金術の素材。それも、貴重な品ばかりだ。

鉱山で暮らしているスライムの魔石。それも、何種類もある。鉄を含んだスライムに、銀を含んだスライム、それからひときわ輝いているのは、金を含んだスライムだ。

鉱山で暮らすスライムの魔石は、それぞれの場所で産出される鉱物が含まれているから、普通のスライムより使い道を広げることができる。

それから、スノーウルフの魔石。ミリエラは実物を見たことはないけれど、雪の魔術を扱うとても危険な魔物なのだとか。

ギャングフィッシュの魔石そのものはしばしば見かけるけれど、こんなに大きくて立派なものを入手するのは難しい。

「いいの？　本当に？　スティラ嬢、ありがとう！」

スティラに合わせて被ったはずの淑女の仮面は、あっという間に転がり落ちてしまった。ミリエラを見て、スティラは小さく微笑んだ。

「あなたに喜んでもらえてよかった。あなたへのお詫びなら、錬金術の素材が一番でしょう？　一番下には、ミスリルが入っているから、よかったらそれも使って」

「ミスリルって！　探すのすっごい大変じゃない！」

ミスリルは非常に珍しい鉱物だ。マナを使えない人のための治療着に必要だから、最近は需要が高まって、ますます入手が難しくなっている。

治療着を全国に広めるほうが先だから、ミスリルが入手できない不満も呑みこんでいたけれど、ステラはこれをどこで手に入れたのだろう。

「我が家が昔、買ったものの残りらしいの。治療着のほうにも半分回したから、こちらはあなたが使って」

「わー、嬉しい！　ありがとうございます、スティラ嬢！」

ミリエラの顔ほどもありそうな大きなギャングフィッシュの魔石を抱きしめて喜ぶミリエラに、スティラはなんとも形容しがたい表情を向けた。

たしかに、これをもらって飛び跳ねるというのは淑女らしくないだろう。今さらだけれど。

「本当にあなたって……」

「ミリィ、錬金術が大好きなの！」

大人の対応をしようと思っていたはずなのに、子供の面が表に出てしまった。でも、なんだか今はそれでいいような気もする。

「……私、あなたに言っておかないといけないことがあるの」

真面目な顔をしてスティラは口を開く。彼女が真剣だったから、ミリエラもその場に座り直した。

「わ、私……あなたに、イジワルいっぱい言った。だって、ディートハルト殿下が、私を見てくれなくて……あなたばかり、見てて……だって、私のほうが先に殿下のこと好きになったのに……イジワルして、ごめんなさい」

「……スティラ嬢、ミリィ、それ、知ってた」

ミリエラに近づいてきた貴族の男の子達。それから、ディートハルトやカークに近づいていた貴族の女の子達。皆、それぞれの思惑があるのだというのを隠し切れずにいた。

親の言いつけだったり、本人の権力への欲望だったり、それはいろいろな種類だったけれど。

スティラは違うというのは、なんとなく、見ていてわかったのだ。

「ディーが言ってたよ。スティラ嬢は、前から優しかったって」

「――嘘！」

「言ってたよ。ディーが、マナを使えないって言われてた頃から優しかったって」

それが、淡い想いからくるものであれ、同情からくるものであれ、当時のディートハルトにとっては、強く印象に残っていたようだ。

「おうちのこととかいろいろあって大変だけど、でも、好きなんでしょう？」

幼い子供の初恋と、大人達は笑うだろうか。それとも、そのまま成長しては面倒なことになると、早めにスティラの恋心を抹消する方向に行くのだろうか。

「知ってた。だから、怒ってない。好きな子とミリィが一緒にいたら、嫌な気持ちになるのもわかるもの」

家のことを考えなくてもいい、と父から言われているミリエラは、この世界の貴族社会においてはレアケース。

たぶん、スティラはミリエラとは違う。彼女の家は、ディートハルトではなく、「未来の王」と彼女の接近を望むだろうから。

「怒って……ないの……？」

「うん。ミリィはそういうのよくわからないけど、きっと、嫌な気持ちになるんじゃないかな」

成人女性としての記憶があるから、スティラの行動も理解できる。

ただ、恋心というものはまだよくわからない。そもそも、この身体はまだ六歳。

中身は大人なのに、同年代の男の子を恋愛的な意味で好きになっていたら、それこそ大きな問題な気がする。

「ごめんなさい、それから……ありがとう」

「それに、ミリィにイジワル言ったけど、イジワルだけじゃないのもわかってたし」

ミリエラに対する当たりのきつさも、ミリエラの貴族子女らしからぬ言動を心配しての面もあった。手が出ることはなかったし、間違ったことも言わなかった。

ホットチョコレートをかけられた時、ミリエラは大泣きしてしまったけれど、あれだって事故。謝罪ももうしてもらった。

きつく当たられるのは困るなとは感じていたけれど、スティラ本人への悪印象は次第に薄れていたのである。

「ど、どうしましょう……！」

両手を頬に当て、真っ赤になってしまったスティラを、可愛らしいと思う。たぶん、どこか保護者目線になってしまっている。でも、それを差し引いたとしても。

「ねえ、スティラ嬢。ミリィと友達になってくれる？　ミリィ、あなたのこと好きよ」

頬に手を当てたままのスティラは、ふわりと笑った。それから、あえて厳しい表情を作って返してくる。

「喜んで、お友達になりましょう――でもね、ミリエラ嬢。『ミリィ』じゃなくて、『私』よ？」

「……そこは、気を付けるね」

「ええ。お友達が淑女じゃないのは、私もちょっと困ってしまうもの」

なんだろう、スティラの目線が生温かいように感じられる。これは、あれか。この子を淑女にするのは大変そうだという気持ちがにじんでいるのか。

（……まあ、いいか）

ぎゅっとスティラに抱き着きながらミリエラは笑った。

「ミリィね、あと百人友達が欲しい」

百人は言いすぎかもしれないけれど――この世界に「子供」として生まれた。だったら、子供らしく、まずは友達をたくさん増やすところから。

「ええ、よろしくてよ。お手伝いしてあげるわ。あなたはもうすぐ領地に戻ってしまうから――お手紙を書くわね。次に王都に来た時には、私の友人にも紹介してあげる」

「うん、待ってる」

顔を見合わせて微笑む。

父が望んでいたのとは違う形になりそうだけれど——王都で共に時間を過ごすことのできる同性の友人を増やす、という意味では、今回の滞在は成功と言えそうだ。


三日間の旅を終えて、ようやくグローヴァー領に入ることができた。

新しい馬車での旅は、思っていた以上に快適だった。振動を減らしたからか、身体にかかる負担がまるで違う。

（これは、陛下が欲しがるのもわかる……！）

外から見ていただけで、国王はこの馬車の有用性に気づいてたのだろう。

彼の行動にまだ怒っているから、納品はもうちょっと先にするけれど。

父とユカ先生が並んで座り、子供達は三人とも、その向かい側に並んでいる。

「ヴィヴィアナ嬢はなんて？」

ミリエラの右隣で本を読んでいたディートハルトが顔を上げた。揺れが少ない馬車だから、読書をしても酔わないらしい。

ミリエラは、「家に着いたら読んで」と渡された手紙を、フライングで開封していた。屋敷まではあともう少しだから多少のフライングはいいだろう。

「グローヴァー領に遊びに来てくれるって。あと、スティラ嬢もね」

ヴィヴィアナとは、出立前に別れを告げた。今度、グローヴァー領に遊びに来てくれるそうだ。ミリエラの誕生日に合わせてのこと。

スティラも同じタイミングで来てくれるそうなので、今度の誕生会は楽しいものになりそうだ。

「あの子、面白いよなあ。スライム退治、一緒に行くと思う？」

「それはどうかな、カーク」

ヴィヴィアナとカークは、なんだかんだと言いつつ気が合っているらしい。夜中の肝試しに自分だけ参加できなかったヴィヴィアナはちょっと怒っていたけれど、スティラは勝手に乱入してきただけなので許してほしい。

あと、ミリエラも肝試しに参加するつもりなんて、まったくなかった。あれは事故である、事故。

「女の子がスライム退治に行ってもいいだろ？」

「ヴィヴィが行きたいかどうかが問題だと思うの。あ、ミリィは一度行ってみようと思う」

七歳になったら、剣の訓練を始めることになった。女性騎士を目指すつもりはないけれど、身体を動かすのは大事だ。

（それに、パパが心配するから……）

今回の事件、父にとってはかなりの衝撃だったらしい。

精霊王がついているから、ミリエラは大丈夫だと思っていたけれど、精霊の力が借りられない時のことを考えたら、最低限身を守る術は必要だと考えを改めたらしい。

まずは、護身のための剣術の訓練。魔物の生態を知るのも大切だから、魔物討伐にも参加予定だ。

「ミリィは、どんどん大きくなるね」

父に言われて、ミリエラは目を細めた。どんな形でもいい。この人と幸せに暮らしていくことができたなら。

「そういえば、学院も大きく手が入ったそうですね」

「学院長があんなことになったからね――」

ユカ先生の言葉に、父は渋い顔になった。

元学院長は、ドルーによってマナを封じられてしまった。その気になれば治療着を使って治療できるけれど、彼を治療しようという者はいない。

その状態で、厳重に管理された牢に幽閉されている。

一番怒っているのは、国王ではなくトレイシー公爵なのだとか。彼の強い主張もあり、生涯幽閉という一番厳しい刑に処されることになった。

生涯牢から出ることは許されないし、あれだけ熱心だった錬金術に触れることもできない。

家族との面会も、ふた月に一度に制限されるそうだ。

錬金術というものは、とても魅力的な学問であるけれど、それに溺れた者の末路を見たような気がした。

（精霊王達もすっごく怒ってたもんね……）

捕らえられた土の精霊王ドルーだけではなかった。ミリエラと契約をしている精霊王四人とも、元学院長に怒りの念を向けていた。

人間と精霊は共存していくものであって、どちらかが一方的に搾取するものではない。残念ながら、あの元学院長はその点を理解することはできなかったらしい。

それは残念だと思うけれど――ミリエラの手はそんなに大きくない。すべての人と精霊達を繋ぐことはできないのだ。

「……そろそろ、屋敷に到着するね」

ディートハルトが、読んでいた本をパタンと閉じた。そわそわしていたカークが、窓から身を乗り出そうとする。

馬車は、ちょうど門をくぐったところだった。ずらりと使用人達が並び、馬車が着くのを待っている。

真っ先に目に飛び込んできたのは、ニーナを抱いているニコラだった。馬車を飛び降りるなり、ミリエラは声を張りあげる。

「皆、ただいまあ！　ニーナ、会いたかったぁ！」

「おおおお、大きくなってる！　あ、笑った！　すごい！」

まだ、人見知りが始まる時期ではないのだろうか。ミリエラを見るなり、ニーナはきゃきゃと声をあげて笑った。

手にしたおもちゃをぶんぶん振り回し、足は元気にバタバタしている。

「ニーナ、兄ちゃん帰ってきたぞ。これ、お土産な！」

いつの間に買い求めていたのか、カークの手にはガラガラが握られていた。ニーナの目の前で振ると、シャランシャランと音がする。どうやら、中には鈴も入っているようだ。

「あぅー、あっ、あっ」

手を伸ばして、おもちゃに触れようとする。どうやら、興味を示したみたいだ。

カークが握らせると、勢いよく振り回した。かと思えば、ポトリと落とす。

「なんだよー、これで遊ばないのか？」

「……可愛いねぇ……」

自分の屋敷に戻る前、ここに立ち寄ることを選んだディートハルトもうっとりとニーナを見つめている。

ディートハルトの手にもカークとは違うガラガラが握られている。どうやら、子供の考えることは一緒らしい。

とはいえ、ミリエラの手にも手触りのいいぬいぐるみがあるのだけれど。王宮に出入りする職人に頼んで作ってもらったものだが、思う存分舐《な》めたりしゃぶったりして、ボロボロになるまで遊んでくれればいい。

「しょうがないなー、兄ちゃんが遊んでやろう」

再びカークはガラガラを取り上げ、ニーナの前でシャンシャンと振っている。ディートハルトはニコラにおもちゃを渡すと踵を返した。

兄と妹の邪魔をしてはいけないと思ったのかもしれない。ギルヴィル達の使っている王家の馬車まで、ディートハルトを送ってやろう。

「侯爵――あの馬車、屋敷まで貸してもらえないかな？」

「もちろん、お使いくださいませ」

ディートハルトはよほど馬車が気に入ったのだろうか。侯爵邸と彼の屋敷の往復に超快適馬車は必要ないだろうけれど、ギルヴィル達のために、早めに一台贈ろうか。

かなり高価な品であるけれど、侯爵家にとっては痛手にならない額だし、ディートハルトにはお世話になっているのだから、そのくらいはしてもいい。

「あ、あと――ミリィも来てくれる？」

「どうしたの？　ミリィはいいけど――パパ、いいかな？」

ディートハルトのほうから、そんな要求をしてくるのは初めてのことだった。ミリエラは、ディートハルトについて馬車に乗り込む。

馬車は動き始めたけれど、向かい側の席に座ったディートハルトは口を閉ざしたまま。

なんだろう、この沈黙は——先に耐えられなくなったのは、ミリエラだった。

「ねえ、なにかあったの？」

話をするよう促したけれど、ディートハルトはもじもじとしていて、なかなか口を開こうとはしない。これもまた、彼には珍しかった。

車内の空気はそわそわとしていて、ミリエラも落ち着かなくなってしまう。

ディートハルトが口を開いたのは、もうすぐ彼の屋敷に到着しようかという頃合いだった。

「あのね、僕は……僕は、君が好きなんだ」

「……ミリィもディーが好きよ」

そう返したけれど、ミリエラは知っている。

ディートハルトの言う好きとミリエラの言う好きが重なっていないことを。そして、鋭い彼は、今のミリエラの言葉だけでそれを理解していることも。

「……そっか」

案の定、彼は表情を曇らせた。

でも、待ってほしい。ミリエラは、まだ六歳。この年で恋愛感情がわかるほうが珍しい気がする。

前世の記憶があるミリエラからしたら、ディートハルトもカークも子供にしか見えないことも多いのだ。そんな状態では、ディートハルトの気持ちには、応えられない。

だけど、ディートハルトには真摯《しんし》に向き合わないといけない気がした。

ひとつ、大きく息をついて、表情を改める。落ち着いた声音を心がけ、ゆっくりと言葉を選んで話し始めた。

「あなたの言う好きがね。私はまだよくわからないの。きっと、もっとたくさんいろいろなことを知って、たくさん考えて、それからでないとお返事をしちゃいけないんだと思うの」

前世の記憶は残っているけれど、身体に感情が引っ張られることが最近多くなってきた。

年相応に、笑って、泣いて、時々ぷりぷり怒って。時には落ち込むこともあるだろう。魂の年齢と肉体の年齢がどんどん近づいているとしたら、先に知らなければならないことがまだまだたくさんある。

「まだ、錬金術の勉強だってしたいし……大人になるまでの間に、あなたの考えだって変わるかもしれないでしょう？」

今現在、ディートハルトの気持ちがミリエラにあったとしても、未来のことなんてわかるはずもない。あと三年もしたら、彼も違う人を好きになっているかも。それが、大人になるということだ。

――だけど。

もし、この先誰かを恋愛的な意味で好きになることがあるのなら。

相手はディートハルトだったらいいなと思っているのも嘘ではない。

「ミリィも、ディーも。もっとたくさんのことを見て、聞いて、考えなくちゃ」

「いいよ、それで。僕もまだわからないから――でも、新しいことを知るなら、君と一緒がいいなと思う」

「ミリィも……そう思うよ。カークもね」

「そうだね。カークを忘れちゃ大変だ」

「そうよ。カークを忘れちゃ大変」

ディートハルトが微笑む。ミリエラも、同じ言葉を返した。

大丈夫。ディートハルトはちゃんとミリエラの言いたかったことを知ってくれた。

そう、これから先、大人になるまでの間にいろいろな経験を積み重ねていく。その経験を重ねていく間も、ディートハルトやカークと一緒にいたい。

（……ねえ、神様）

心の中で、どの神に語っているのかわからないままに続ける。

どこの神様がミリエラをこの世界に生まれ変わらせてくれたのかはわからないけれど――でも、神様には感謝している。

前世の記憶がなかったら、きっとこんなにもこの世界を愛おしいと思わなかっただろうから。

エピローグ

――今日、ミリエラは七歳になる。

今日のために仕立てたドレスは、ちょっぴり大人っぽいライムグリーンのもの。レースもフリルもリボンも、顔立ちの整っているミリエラにはよく似合う。

（そろそろ、幼女じゃなくなってきたかもね）

日頃の言動が言動なので年齢より幼く見られがちなのだが、黙って座っている分には年齢より大人びて見えるのも本当のこと。

今年もエリアスにお願いし、天候が晴れになるよう調整してもらった。だって、せっかく気持ちのいい時季なのだ。外で楽しく過ごしたいではないか。

今年の誕生日は、去年より大ごとになってしまった。なにしろ、王家の人達まで来ることになったのである。

（ライが来たいって言うから……しょうがないよね、これればかりは）

快適馬車は、当分王家におさめるつもりはなかったけれど、こちらに来るのにライナスに負担がかかるのは避けたかった。

しかたがないので、先日一台の馬車を王家におさめた。「ライナスへの献上品」とミリエラ直筆の手紙をつけて。ライナス専用馬車である。

王と王妃は、ライナスの馬車に同乗させてもらえばいいのだ。国王夫妻用の馬車は、次の次の次の次のそのまた次ぐらいに買ってもらえればいいかなと思っている。祖父母が優先だし、スティラやヴィヴィアナにも渡したい。

学院での生活はたしかに新しい出会いにも繋がったのだけれど、もともとミリエラは希望していなかったのだから、そのぐらいは我慢してほしい。

「ミリエラ、来たわ！」

「ミリエラ嬢、招待ありがとう。ヴィヴィ、来たわ、ではないでしょう？」

学院で新しくできた友達ふたりも王都から駆け付けてきてくれた。

スティラとヴィヴィアナも、意外と気が合ったらしい。ミリエラ達より少し年上のスティラは、ヴィヴィアナやミリエラを妹のように可愛がるのが気に入っているようだ。

そして、ヴィヴィアナも妹のように可愛がられるのが心地いいらしい。

ミリエラも、スティラに小言を言われるのが嫌ではないというか、なんとなくむず痒《がゆ》いような気分になるのが意外と気持ちいい。

学院にいた頃は想像もできなかったけれど、ふたりともミリエラの大切な友達になった。

王妃の思惑に乗るのは癪だけれど、学院に通うかどうか、父と相談するのも悪くはないと思い始めているところ。

「ふたりとも楽しんでね！　ライ！　会ったことあるかもだけど、ミリィの友達のスティラとヴィヴィ！」

「お姉さん達、とっても可愛い！」

恥ずかしげもなく、ライナスは思ったところを口にする。

たしかに、フリルやレースがたくさんついたふりふりのドレスを着ているふたりは、今日は愛らしさが倍増している。

「ありがとうございます、殿下」

「殿下もとっても、素敵ですよ」

誉められれば悪い気はしない。ふたりともにこにことしながらライナスに返す。

「こら、ライナス。勝手にうろつくなって言ってるでしょう？　君の側仕えが探していたよ」

「兄上！」

ライナスがぴょんとディートハルトに飛びつく。この兄弟も、あいかわらず仲がいい。

「ヴィヴィ！　スティラ！　これ、俺の妹！」

ニーナの首もすわり、カークが抱いて歩くことも許されるようになった。ヴィヴィアナはにこにこしているけれど、スティラはちょっと渋い顔。妹をさして「これ」はないとミリエラは心の中でつぶやく。

「カーク、私、呼び捨てにしていいとは言っていませんわよ？」

「ごめん、スティラ嬢。これでいい？」

「――呼び捨てで構いませんわ」

カークもまったく悪びれていないので、スティラはため息をついてしまった。カークはこういう人なので、もう諦めるしかないと思ったのかもしれない。

招待客が揃ったところで、ミリエラは用意された台の上に乗った。今日の主役は挨拶をしなければならない。

「去年の誕生日、私はこう言いました――空を飛ぶ魔道具を作るって！　思っていたのとはちょっと違うけど、今日は飛ぼうと思います！」

ミリエラが手で示した先に用意されていたのは、気球であった。この世界にも、気球は存在しているけれど、ミリエラの気球は一味違う。

なにしろ、火山地帯に暮らすレッドドラゴンの魔石に、ボルケーノスライムの魔石を合わせて作った熱源で、気球内部の空気を温めるのである。

普通の気球より、魔石を使っている分、いくらか安全。普通の気球は方向の転換をするのは難しいけれど、風の精霊達の力を借りれば、思う方向に進むことができる。

残念ながら、この手段を使えるのは、ミリエラだけ。そういう意味では、まだまだ工夫が必要である。

「見てて！　飛ぶから！」

籠を繋いでいたロープが解かれ、ゆっくりと気球は舞い上がる。籠の中にいるのは、父とミリエラのふたりだけ。

風の猫達が、ミリエラの周囲をふわふわと飛び交う。水の精霊に、真っ赤なヒヨコ、耳を羽がわりに、ぱたぱた飛び回る兎達も。

みるみる屋敷が小さくなる。庭園で見上げている人達も、おもちゃみたいな大きさだ。

（幸せだなぁ……）

この世界に生まれてきたことが幸せ。この人の娘として生まれてきたことが幸せ。

「ねえ、パパ」

「ん？」

「──大好き」

何度も言葉にして告げているけれど、改めて言葉にしたら、父は驚いたように目を見開いた。

ああもう、本当にこの人は。ミリエラの胸が、愛おしさでいっぱいになる。

「パパが、大好き」

優しすぎて不器用で、時に愛情を暴走させてしまう人。でも、そんな人だからこそ愛してる。

「そうか……私も、ミリィが大好きだよ」

ほら、手を差し出せば、いつだって愛情が返ってくるのだ。肩を抱いて引き寄せられて、ミリエラは笑みを浮かべる。

「次は、誰を乗せるんだ？」

「次は、お友達と乗る！」

気球を下に下ろしたら、次は友人達と乗る。風の精霊の力を借りて方向転換はできるから、屋敷の周囲をぐるりと一周してみようか。

もしかしたら、ライナスとヴィヴィアナは高さに怯えて泣いてしまうかもだけれど。ディートハルトとカークはきっと楽しんでくれる。スティラも——たぶん、大丈夫。

大好きな家族がいて、大切な友人がいて、新しい友人がいる。そして皆、ミリエラの誕生日を心から祝ってくれている。なんて幸せなんだろう。

「あのねえ、パパ。私、もっともっと錬金術が勉強したい。立派な錬金術師になりたいの」

「……なれるよ、君なら絶対に」

ミリエラが子供でいられる時間はそう多くは残されていない。

けれど、ひとりでできることが増えていくのなら、きっとそれも悪くない。

下からミリエラの名を呼ぶ声が聞こえてくる。大きく手を振ってそれに返しながら、ミリエラは新しい未来を胸に刻んだ。

番外編　どうか、いつまでもこんな日が続きますように

ミリエラが扉を開いた時、そこには先客がいた。ミリエラの兄同然の存在であるカークと、妹同然のニーナ、それに、親友のディートハルトの三人だ。

「ディー、いらっしゃい」

「お邪魔しているよ、ミリィ」

ディートハルトから初恋宣言を受けてしまったのは先日のこと。

ディートハルトがすごいと思うのは、あれ以来、ミリエラに対する接し方が全く変わらないこと。彼より十歳以上年長の青年だって、同じように振る舞うのはきっと難しい。

ミリエラのほうが意識しているのかと言えば、そういうわけでもないのだけれど。

「アー」

柔らかな声で、ニーナが手を伸ばす。カークが目の前でひらひらとさせているハンカチが気になるようだ。

「これ、欲しいのか？」

「アイ、アイ、ママママ」

うつぶせになったニーナは、ハンカチを掴んでご機嫌な声をあげた。奪ったハンカチを口元

に持って行ったかと思うと、噛み始める。

「ハンカチ食べさせちゃっていいの？」

「これはなんなんだろうって確認してるって母上が言ってた。ほら、ニーナ。齧るならこっちにしろよ」

ニーナはもうすぐ歯が生え始めてもおかしくないのだとか。おもちゃを口に入れて齧ることも増えてきているのだとカークは笑う。お兄ちゃんの微笑みだ。

「ンブー」

ハンカチを取り上げられたのが気に入らなかったのか、ちょっと不満そうな声があがった。けれど、別のおもちゃを渡されると、あっさりとそちらに気を取られる。ころんとひっくり返り、あお向けになって足を曲げたり伸ばしたりし始めた。

「あ、そうだ――メリーを今度売り出すって、パパが言ってた」

ニーナのために作ったおもちゃのメリー。

最初は売り出すつもりはなかったのだけれど、ディートハルトに頼まれて、公爵家に嫁いだ彼の従姉妹《いとこ》のためにひとつ作った。

彼女から噂が広まり、欲しいという人が増え始めたらしい。名前を披露する日の贈り物にぴったりなのだとかで注文が入り始めた。

他の錬金術師にも作り方を教え、安価な素材に置き換えたり、素材の品質を落としたりすることで庶民でも買えるようにする予定だと聞いている。

「侯爵様が、俺とニーナに新しい服を作ってくれるって言ったんだ」

つんつんとカークはニーナの頬をつつく。きゃっきゃとニーナが声をあげる。

メリーの発明は、ニーナのためだったから、マウアー一家にも収入の一部は渡したい。オーランドとニコラは一度は断ったのだけれど、カークとニコラに新しい服をプレゼントすることで折り合いがついた。

（パパはふたりが独立するまで贈り続けるつもりだろうなー）

きっと、マウアー一家は誰もそれに気づいていないだろうけれど。

「ニーナに、ミリィとお揃いの服を作ってくれるって言ってた。ミリィはニーナとお揃いで嫌じゃないのか？」

「嫌じゃないよ？　ニーナとお揃いだったら、私も嬉しいもの」

前世のミリエラは家族の愛には恵まれなかった。

今回の人生はひとりっ子決定。妹とお揃いの服を着るなんてできるはずもない。妹みたいなニーナがお揃いの服を着てくれたら嬉しい。

「いいなー、俺もニーナとお揃いがいい」

床の上に寝そべったカークは足をパタパタとさせる。ニーナとお揃いって、フリルとかレースを付けたいんだろうか。

「リボンつける？」

「どうしてそうなるんだよ！　ほら、王宮行った時に、侯爵様とミリィがお揃いの服を着たことがあったろ？　ああいうのならいいなって——侯爵様カッコよかったし！」

ライナスの開いた茶会に行った時、父と服装の色合いを揃えたことがある。たしかにそれなら、カークもお揃いになるかも。

「三人がお揃いの服を着たら、僕は記録装置で記録するね」

「なに言ってるんだよ！　ディーもお揃いにしようぜ」

それは、どうなのだ。まあ、ディートハルトに服を贈るぐらいしてもいいし、彼もそろそろ新しい服を仕立てる頃合いだけれど。

（そう言えば、ディーも大きくなってきた）

以前は華奢《きゃしゃ》な印象だったのだが、ずいぶん骨格がしっかりしてきたような気がする。やはり、男の子ということか。

「ギルヴィルに聞いてみようかな。ねえ、ミリィ。いいかな？」

「もちろん！」

王族とお揃いの服なんて、本来なら許されないだろう。特別な関係にあると誇示《こじ》しているようなものであるのだから。

けれど、ここは王都から遠く離れている。このあたりでなにを着ていようが王都まで届くはずもない。

それに、こういうのはきっと幼い頃だけの特権だ。もう少し大きくなったら、今の距離のままではいられないのは、三人とも理解している。

「ふわぁ……」

最初にあくびをしたのは、ニーナだった。どうやら、そろそろおねむの時間らしい。

「んー、ミリィも眠くなってきたかも」

「僕も……」

「俺はまだ大丈夫！」

続いてミリエラがあくびをし、ちょっと恥ずかしそうにディートハルトも手を上げる。カークは午前中剣の稽古でさんざん身体を動かしたのにまだまだ余裕があるみたいだ。

パタリ、と最初にディートハルトが動かなくなった。

「……俺もまずいかも……」

ぐしぐし、とカークが目をこする。大丈夫だって言ってたのに。

（となると、私まで寝ちゃうわけにはいかないな……）

しきりに瞬きを繰り返し、眠気を追い払おうとするけれど、なかなか難しい。ミリエラが大きなあくびをしたら、背後からポンと肩を叩かれた。

「……母上？」

とろんとしたカークの目が、ミリエラの背後に向けられた。入ってきたのはニコラだ。彼女の手には毛布があって、彼女はそれをニーナとディートハルトにかける。ミリエラにもかけられ、柔らかな感触が頬をくすぐった。

「私が見守っていますから、安心してお休みくださいませ」

子供達の様子を、見えないところからうかがっていたらしい。さすが、ニコラ。うとうとしながら微笑んだら、急に室内が騒がしくなる。

「ほらほら、我に寄りかかるがいい」

「この部屋は少し暑いようだな。妾が熱を吸収してやろう」

「それなら、わたくしは団扇《うちわ》で仰いであげようかしら。手を持っているのは、わたくしだけだものね」

「風なら我が起こせるのに！」

いつものごとく、精霊王達は勝手にミリエラのマナを使って具現化してしまったみたいだ。別にそれはかまわないのだけれど、眠いのを邪魔されるのは困る。

「精霊王様達。静かになさってください。子供達が起きてしまいます」

ひそめられながらもきっぱりとしたニコラの言葉に、瞬時に精霊王達は静かになった。精霊王まで黙らせるなんて、ニコラはすごい。

「それがし……それがしも枕に……」

めげずにドルーが口を挟む。ドルーまで勝手に出てきてしまったのか。まあいいけれど。

「お目覚めになったら、侯爵様が一緒にお茶を飲もうとおっしゃっていましたよ」

「ふぁい」

「ですから、まずはぐっすりとお休みくださいませ」

うん、と返事をしたのはニコラに聞こえただろうか。

今、まさに眠りに落ちようとしながらミリエラは考える。いつかはふたり、いや、ニーナも入れた三人とミリエラとの関係は間違いなく変わってしまうのだろう。

でも――それでも。この優しい時間はきっと変わらない。変わらないことを願いたい。

どうか、いつまでもこんな優しい日が続きますように。

精霊王達がニコラとささやき合うのを耳にしながら、今度こそミリエラは眠りに落ちた。

あとがき

雨宮れんです。「天才幼女錬金術師に転生したら、冷酷侯爵様が溺愛パパにチェンジしました！」完結しました！　そう、三巻で完結です！

もうちょっと書きたいなという欲がないわけではないですが、これ以上続けるとタイトル詐欺になってしまうので。作中ミリエラも言ってますが、そろそろ幼女ではなくなってきたのですよ……。

さて、今回はミリエラに女の子の友人が増えます。

今まではほぼ領地で暮らし、父と乳母一家、それに普段は王都にいる祖父母、王子兄弟ぐらいがミリエラの大切な人達でした。もちろん領主の娘なので領民を大切に思う気持ちはあるのでしょうけれど、身近な人達はこのぐらい。

王都に行くことはあっても、積極的に友人を増やそうとしてこなかったミリエラが、初めて同年代の女の子に囲まれることになります。ツインテール幼女のヴィヴィアナと、縦ロール幼女——少女かな——のスティラ。

プロットの段階ではヴィヴィアナはいなくて、本編執筆中に急に降ってきたキャラクターなのですが、貴族令嬢としての姿を見せようとする（そして時々失敗する）スティラがいるので、ミリエラに感性の近いヴィヴィアナはいいキャラになったのではないかと思います。

今回は、ディートハルトから告白もされていましたが、今後彼との関係がどうなるのかはわかりません。

カークやライナスが割と感情で動くのと（ライナスは、ミリエラより年下ですしね！）比べると、考えてから動くタイプの二人なので、年頃になった二人を見て周囲はやきもきするかもしれません。それはそれで楽しそうな気もします。

イラストは、前二作同様、凪かすみ先生が担当してくださいました。今回は雪の季節ということで、ふわふわもこもこの二人がカバーイラストにいます。「可愛い……！」「最高……！」と、ラフを拝見した時担当編集者様と思いきりはしゃぎました。お忙しいところをお引き受けくださり、ありがとうございました。

担当編集者様、今回も大変お世話になりました。おおざっぱな私をいつも優しく導いてくださり、ありがとうございます。今後もどうぞよろしくお願いいたします。

読者の皆様、離れ離れだった家族が一つになるまで、そして新しい世界を開いていく様子を見守ってくださってありがとうございました。

ご意見ご感想、お寄せいただけると幸いです。お付き合いくださり、ありがとうございました。

雨宮《あまみや》れん

天才幼女錬金術師に転生したら、冷酷侯爵様が溺愛パパにチェンジしました！３

2023年2月5日　初版第１刷発行

著　者　雨宮れん

発行人　菊地修一

発行所　スターツ出版株式会社

〒104-0031　東京都中央区京橋1-3-1　八重洲口大栄ビル７F

☎出版マーケティンググループ　03-6202-0386
（ご注文等に関するお問い合わせ）

https://starts-pub.jp/

印刷所　大日本印刷株式会社

ISBN　978-4-8137-9206-2　C0093　Printed in Japan

［雨宮れん先生へのファンレター宛先］
〒104-0031　東京都中央区京橋1-3-1　八重洲口大栄ビル７F
スターツ出版（株）　書籍編集部気付　雨宮れん先生